KB108416

기본을
다시

잡아야겠다

기본을
다시

잡아야겠다

무심하고 담담하게
살아가기 위해서

법인 산문집

디플롯

법인 스님에게
던지는

신의 한 수

지리산 실상사에도 가을이 왔다. 사람들은 단풍이 곱지 않다며 투덜투덜하지만 그래도 가을은 가을이다.

법인 스님과 실상사의 인연은 깊다. 나와 법인 스님의 첫 만남은 1992년이었던 것으로 기억한다. 그때 나는 바람직한 승가상 확립과 수행가풍 진작을 위해 승가결사체인 '선우도량'을 만들고, 실상사를 근본 도량으로 삼아 여러 가지 일을 하고 있었다. 그해 가을에, 법인 스님이 선우도량에서 마련한 대화와 담론의 자리에 왔다. 그 인연이 이어져 실상사 화엄학림에서 《화엄경》을 수학한 법인 스님은 이어서 학인들을 가르치는 강사로 몇 년을 연찬했다. 그 후

다른 곳에서 수행과 전법을 하고 3년 전에 다시 이곳에 자리를 잡았다. 듣자 하니 중학교 시절 출가하고 첫 사찰 순례지가 실상사였다고 한다. 이래저래 실상사가 본인에게 맞는 도량인 것 같다.

적지 않은 세월을 지내면서 법인 스님의 살림살이를 알 수 있었다. 모든 존재가 무수한 그물로 연결되었다는 화엄 사상, 그리고 뭇 생명이 저마다 빛나는 존재라는 '본래 부처'의 정신, 단순 소박한 일상의 삶까지 여러 지향을 함께하고 있다. 뜻이 맞는 후배이고 도반이어서 늘 마음이 든든하다.

그런데 어느 날, 법인 스님이 긴밀하게 보자고 한다. 순간 뭔가 골치 아픈 일에 얽힐 것 같은 기분이 들었다. 하지만 피할 수 없는 일인데 어찌하겠는가. 가벼운 마음으로 만났다.

대뜸 첫마디부터 '이 일은 절대 거절하면 안 된다'고 못 박는다. 웃으며 '무슨 그런 경우 없는 말을 하느냐. 내숭 떨지 말고 얼른 말해보라'라고 했다. 내용인즉 책을 내는데 그 책의 서문을 반드시 내가 써야 한다는 이야기였다. 역시 예상한 대로 내가 가장 힘들어하는 일이 떨어졌다. 이러쿵저러쿵 엄살을 부리지만 인지상정 억지춘향으로 해야 하는 판이다.

"알았다."

잘 될는지는 알 수 없지만 한번 해보겠다며 넘겨주는 원고 뭉치를 심드렁하게 받았다. 틈나는 대로 원고를 읽었다. 글은 잘 읽혔다. 실상사에 살면서 보고 듣고 경험한 소소한 일상을 흥미진진하게 풀어낸, 법인 스님만의 장기가 잘 드러난 글이다. 읽는 내내 밝고 맑고 경쾌하고 흐뭇한 미소를 머금게 했다. 여전히 골치는 아프지만, 원고를 읽으니 힘들어도 마땅히 서문을 써야겠다는 생각이 들었다. 이유인즉 법인 스님의 순진한 자기 자랑이 잔뜩 들어가서다. 자기 자랑도 자랑이지만 사실 실상사와 실상사 작은학교에 대한 은근한 자랑이 더 중요한 내용인 듯싶다. 하지만 어찌 그뿐이겠는가? 법인 스님은 사부대중이 함께 만들어 더욱 의미 있는 〈21세기 약사경〉을 통해 '미혹의 문명을 넘어 깨달음의 문명'을 제시하고 있다. 미래를 밝힐 등불인 깨달음의 문명은 평범의 비범함에 젖어들게 한다. 게다가 이 모든 이야기는 평범한 일상 속 경험을 토대로 삼았다. 내용이 이러한데 어찌 서문을 쓰지 않을 수 있겠는가.

여기까지는 잘 왔다. 그렇지만 여전히 무엇을 어떻게 풀고 정리해야 좋을지는 안갯속이다. 곰곰 궁리하는 과정에서 '돼지 눈엔 돼지만 보이고 부처 눈엔 부처만 보인다'는 이성계와 무학대사의 유쾌하고 통쾌하며 의미심장한 농담이 떠올랐다. 만일 그때 이성계가 "과연 대사가 한 수 위임을 깨달았소" 하고 그 농담을 받았다면 오늘날 이 이야기는 어떻게 전해졌을까. 짐작건대 무학대사의 '장군'이 아니라 이성계의 '멍군'이 신의 한 수가 되지 않았을까.

하여 법인 스님을 흉보고 놀리는 내용으로 이야기를 풀어내는 것이 적격이겠다는 판단을 했다. 그런 의미에서 흉보고 놀리는 일이 될 만한 것들을 나열해본다. 먼저, 법인 스님은 눈치가 없다. 그뿐만이 아니다. 은근슬쩍 끼어들기, 나서기, 간섭하기, 가르치기, 자기 자랑하기 등에 천재적 재능이 있다. 그렇다고 평소에도 매번 대놓고 윽박지르듯이 뭐라고 말할 수는 없지 않나. 그러니 오늘은 작정하고 시시콜콜 말하는 것이다. 또 법인 스님은 만물박사만큼이나 아는 것이 많다. 반짝반짝 빛나는 생각들이 빛의 속도로 날아다닌다. 문제는 어디로 날아갈지 조마조마하다는 점이다. 분명 매번 조심하려고 노력하는 것 같기는 하지만 가끔은 일이 전혀 엉뚱한 방향으로 바뀌어 길을 잃고 방황하는 듯도 하다. 하지만 그 속이 환하게 읽히기 때문에 크게 밉지 않다. 법인 스님이 이 사실을 눈치채고 있는지는 잘 모르겠다. 생각건대 이만하면 내 속셈도 어지간히 드러나지 않았을까 싶다. 아무쪼록 법인 스님도, 독자들께서도 내 신의 한 수인 '장군'을 '멍군'으로 받아 이 글을 읽었으면 하는 마음이다.

끝으로 기우이겠지만 한마디 더 보탠다. 사람들은 말한다. 백조는 우아함을 유지하기 위해서 물밑에서 피땀 흘리는 노력을 감내하고 있다고. 그렇다. 법인 스님의 글도 무심코 읽으면 백조의 우아함처럼 읽힐 것이다. 때문에 드러나지 않는 곳에서 벌어졌던 피눈물의 몸부림이 있음을 놓칠 위험이 있다. 그렇게 읽는다면 그 독서는 약이 아니라 독이 된다는 사실을 명심, 또 명심하시길. 그리하여 부디 날마다 좋은 날 되길 손 모은다.

오늘도 청산은 의연히 푸르고 강물은 유유히 흐른다.

지리산 실상사 뜨락에서
도법

1부

걸음
걸음에

무심과 평온을

상좌야,
스승을
등불로 삼지 마라

출가수행자들의 옷에 관심을 가져보신 적이 있는가? 동색이고 일색인 것 같지만 그렇지만은 않다. 승복은 주로 잿빛이지만 목과 손목에 고동색 깃을 덧댄 승복을 입은 스님들도 있다. 이런 복장을 한 스님을 절에서는 사미(남), 사미니(여)라고 부른다. 사미와 사미니는 수습 기간에 해당하는 6개월의 행자 과정을 마치고 수계 득도 의식을 거친 초심 단계의 수행자를 말한다. 이후 종단이 지정하는 4년 과정의 승가대학을 이수하고 비구계·비구니계를 받으면 정식 승려가 된다. 이때 승복에 달린 고동색 깃을 뗄 수 있다. 몇 번 수계 득도 의식을 보았는데 다들 소매에 단단히

걸음걸음에 무심과 평온을

박음질한 고동색 깃을 어찌나 빠른 속도로 능숙하게 떼는지, 그 솜씨에 감탄했다. 아마도 그 표식이 은근히 멍에이자 압박이었을 거라는 속내를 헤아려보았다.

사미·사미니 이전의 행자들의 옷은 회색이 아니다. 남자 행자 옷은 진한 고동색이고 여자 행자 옷은 주황색에 가깝다. 행자들은 처음 출가한 사찰에서 평생 승려로 살아가기 위한 기초 소양 교육을 받는다. 그리고 입산 후 6개월이 지나면 종단이 소집한 교육도량에 모두 모여 보름 동안 공동으로 교육을 받고 앞에서 말한 사미·사미니가 되는 수계 득도 의식을 치른다. 이후 승적이 만들어지는데 이때 기록하는 여러 필수항목 중에 '은사'가 있다. 은사란 세속으로 비유하자면 절집에서의 부모와 같다. 통상 스승은 은사, 제자는 상좌라고 부른다.

이제 은사와 상좌 이야기를 해보려고 한다. 절에 들어와 수행하는 행자들은 입산 후 3개월이 지나면 조계종 교육원에서 진행하는 '입문교육'이라는 중간 소집 교육에 참여한다. 이 교육에서는 낯선 환경에서의 여러 어려움을 경청하고 상담해준다. 수행자의 삶이 결코 통제와 은둔의 길이 아닌, 자유와 보람이 넘치는 희망적 대안의 길임을 알려

주기도 한다.

10여 년 전 조계종의 교육부장 소임을 맡았을 때 이 입문교육에서 '출가자의 길'이라는 주제로 여러 번 강의를 했다. 강의장에 들어서면 행자들은 매우 긴장하고 있다. 그래서 분위기를 전환하기 위하여 가벼운 이야기부터 던진다.

"여러분, 잘 오셨습니다. 여러분의 결단을 축하합니다."

이어 질문한다.

"이제 여러분은 절에 들어와 평생 꽃길을 밟고 살 터인데, 실제로 수행자가 되면 좋은 점이 아주 많습니다. 각자 나름대로 좋은 점을 말해볼까요?"

나는 분명 수행자의 길이 '꽃길'이라고 전제하고 묻는다. 행자들은 조금 당황한다(이 글을 읽는 여러분도 본인이 행자라고 가정하고 그 꽃길이 어떠할지 헤아려보시라). 행자들이 말한다.

"참된 자아를 찾을 수 있습니다."

딱 걸렸다. 내 이럴 줄 알았지.

"행자님, 좀 솔직해봅시다. 난 참 자아를 찾는 길은 꽃길이 아니고 가시밭길이라 생각하는데요."

모두 어색한 웃음을 짓는다.

"자, 긴장 푸시고요. 생사 해탈하고 깨달음을 성취하는,

걸음걸음에 무심과 평온을

그런 거창한 거 말고 현실적으로 얻을 수 있는 즐거움과 이익을 생각해보세요. 힌트를 드리자면, 여러분이 살아왔던 세속과 비교해 생각해보시면 됩니다."

이렇게 말하면 대개 내가 원하는 답이 나온다. 하나, 생계를 유지하는 데 그리 큰 걱정이 없는 것 같다. 둘, 내 집을 마련하느라 평생을 고생하지 않아도 된다. 셋, 별장이나 콘도를 사지 않아도 많은 산사를 휴양지로 이용할 수 있다. 넷, 세속의 직장처럼 권고사직을 당할 위험이 없다. 다섯, 여행을 많이 할 수 있을 것 같아 좋다. 여섯, 실적을 내라고 압박하고 갑질하는 상사가 없어서 좋다. 일곱, 다른 이와 비교당하지 않고 살 수 있을 것 같다. 여덟, 부모 봉양과 자녀 양육의 굴레에서 벗어날 수 있다(이 이야기를 할 때 몇몇 행자의 눈시울이 순간 붉어졌다). 아홉, 옷과 신발의 유행에 신경 쓰지 않아도 된다. 열, 수월하게 다양한 취미 생활을 즐길 수 있을 것 같다. 별별 소리가 실타래 풀리듯 술술 나오지만 열 개만 적는다.

"그런데 말이에요. 출가하면 자녀 양육의 걱정이 없다고 하신 행자님, 나는 한발 더 나아가 더 좋은 게 있다고 말할 수 있습니다. 그게 뭔지 생각해보세요."

이 문제는 절집 안 사정에 밝지 않고서는 쉽게 답할 수 없다. 모두 나에게 시선을 집중한다. 답은 이렇다.

"출가하여 10여 년이 지나면 그리 힘들이지 않고 쉽게, 그것도 양육비와 교육비 한 푼 들이지 않고, 자녀를 거저 얻을 수 있습니다. 마음만 먹으면 자녀를 수십 명 낳는 스님도 있지요."

이제 대략 짐작할 것이다. 상좌(제자)가 바로 힘도 돈도 안 들이고 낳는 자식인 셈이다. 이러니 세속 부모의 심정으로 보면 스님들은 참으로 염치없고 몰인정하고 원망스러운 부류다. 한 예로 어느 부모와 가족들이 스님이 되는 수계 현장에 몰려와 집단 항의한 적이 있다. 내 자식을 애지중지 키우고 힘들게 유학 보내 박사 따고 성공시켰다고 좋아했는데, 스님들이 내 자식을 뺏어갈 수 있느냐고, 이게 자비로운 스님들이 할 짓이냐고(이 행자는 해외의 유명 대학 전임교수 통지를 받는 날 입산 출가했다). 실제로 석가모니 부처님도 당시 자녀가 출가한 부모들의 항의와 원망을 종종 받았다고 한다.

각설하고, 출가하면 좋은 점을 이어 말한다.

"여러분, 우리가 살아갈 이런 좋은 환경은 바로 여러분이 얼마 전 살았던, 세속의 사람들이 보시한 '돈'으로 만들어진 것임을 평생토록 시시각각 새겨야 합니다. 내가 누리

걸음걸음에 무심과 평온을

는 이 복들이 어떻게 해서 내게로 왔는지 기억해야 합니다. 여러분이 절에 들어오기 전에 겪었던, 때로는 치사하고 때로는 굴욕적인 상황을 감내하고 얻은 돈을 우리에게 보시한 것입니다. 이 '돈'이 바른길로 가지 못하고, 뭇 생명을 행복의 길로 인도하는 '도'가 되지 못한다면 이 돈은 청정한 마음을 죽이는 '독'이 됩니다. 단돈 1만 원에 스며든 소리를 들을 수만 있다면 중노릇에 어긋나는 행동은 하지 않을 것입니다."

지금 실상사에는 10여 명의 스님들이 30여 명의 재가자와 더불어 공동체 정신으로 살아가고 있다. 이 공동체에서 내가 좋아하고, 믿고, 존경하는 도반 중 한 분이 각묵 스님이다. 각묵 스님은 불교계에서 역경가로 통한다. 지금 우리가 읽는 경전은 인도말인 파알리어·산스크리트어를 중국의 한자로, 이어 한글로 번역해 사용하고 있다. 그런데 각묵 스님은 부처님 초기 경전에 해당하는, 한역에서는 《아함경》이라 불리는 《니까야》 모두를 파알리어에서 곧바로 한글로 번역했다. 한글로 번역한 경전의 양을 모으면 대략 두 팔을 벌린 길이만큼 된다. 그러니 참으로 보석같이 귀한 분이다. 나는 늘 개인적으로 각묵 스님을 '조계종의 공적 자산'이라고 고무 찬양한다.

각묵 스님은 평생 역경 작업을 하느라 종단의 행정 소임이나 어느 절의 주지를 하지 않았다. 자연스레 상좌를 둘 환경도 되지 않았다. 그러나 시절인연이 있어 지금은 건실하고 믿음직스러운 청년을 상좌로 받아들였다.

나는 지리산이 인연터인지 몇 년 전 네 번째로 실상사에 들어와 살게 되었는데 입방 며칠 후 젊은 사미승이 가사를 걸치고 내게 인사를 왔다. 절을 받고 물었다.

"법명은 무엇이고 은사 스님은 누구입니까?"

"네, 법명은 '자등'이고 은사 스님은 윗자는 '각' 자이고 아랫자는 '묵' 자이신 각묵 스님입니다."

각묵 스님의 상좌라니, 유독 반가워 물었다.

"그럼, '스스로' '등불'인 건가요?"

그때 자등 스님의 은사인 각묵 스님이 한 말씀 하신다.

"아! 스님은 '자비의 등불'이라 하지 않고 단번에 '자기를 등불로 삼으라'고 말하시네요. 맞습니다, 맞아요. 하하."

그런데 이 법명을 내린 과정과 사연을 듣고 보니 크게 웃지 않을 수 없다. 각묵 스님은 본디 상좌를 두지 않으려했다. 그런데 당신의 강의를 듣던 신심 깊은 부부의 아드님이 출가자가 되기를 원한 것이다. 청년의 어머님은 허락을 하는 대신 '반드시' 각묵 스님을 은사로 모셔야 한다고 생각하고는 각묵 스님에게 아들을 상좌로 받아줄 것을 간청했다. 간절한 청을 받은 각묵 스님은 이도 인연이겠다 싶어 허락했다. 그리고 마침내 역사적 회동이 이루어졌다. 모월 모일 모처에서 청년과 부모가 스님을 만나기로 했다. 스님은 제주도에서 배를 타고 오면서 절에서 부르는 이름(법명)부터 일단 고심했다. 마침내 청년이 정중하게 스승에게 삼배를 올리자 스승은 이런저런 환영사를 하고 이어 종이에 적어온 법명을 출가 청년에게 발표했다.

"이제부터 너의 이름은 '자등'이다."

그리 흔하지 않고, 어감도, 뜻도 좋은 법명이다. 그런데 다음 발언이 더 놀라웠다.

"스스로 자, 등불 등, 즉 '자등'이 너의 법명이다. 석가모니 부처님이 이 사바세계의 인연을 마칠 때 '자신을 등불로 삼고, 법을 등불로 삼고 정진하라'고 제자들에게 당부했다. 그러니 이 뜻을 본받아 자등이 너도 은사를 등불로 삼지 말고, 너 자신을 등불로 삼아 정진해야 한다. 알겠지?"

아! 절집에서 40년이 넘게 살았지만 스승과 제자의 이런 초면 상견례 이야기는 처음이었다. 아니, 명색이 스승인데 자신을 등불로 삼지 말라고? 당당하게 자기 자신을

'디스'하다니, 과연 각묵 스님답다.

가볍게 말했지만, 그 속뜻은 의미가 깊다 하겠다. 석가모니는 각자 자신을 등불로 삼으라고 했다. 중국의 임제 선사는 부처를 만나면 부처를 죽이고 조사를 만나면 조사를 죽이라고 했다. 철저한 '주체'와 '자유'의 정신이다.

각묵 스님과 자등 스님, 옆에서 늘 보거니 둘 사이가 매우 정답고 법답다. 희유하고 희유한 그 인연에 무량 광명이 깃들기를….

걸음걸음에 무심과 평온을

스님,
아니 간달프
질문 있는데요

새로운 직업을 얻었다. 스님 선생님이다. '실상사 작은 학교'의 교사가 된 것이다. 학교에서는 마을 스승님이라 부른다. 물론 비정규직이다. 요샛말로 '투잡'을 뛰고 있는 셈이다.

실은 내가 자청하고 자원한 일자리다. 중학교 2학년 때까지 내게 어렴풋한 꿈이 있었다. 우체국 집배원이나 시골 초등학교 선생님이 되는 것이었다. 그런데 집배원과 선생님 앞에 '시인'이라는 단어가 붙었으면 했다. 시를 쓰는 우체국 아저씨거나, 시인 선생님이 되는 것. 낭만적이고 멋지다 싶었다. 그러나 시골 초등학교 선생님의 꿈은 접어야 했다. 내 치명적 약점 때문이다. 나는 음치이자 박치일 뿐 아니라 그림도 잘 그리지 못한다. 그때 초등학교 선생님은 만능이어야 했다. 우체국 집배원은 왜 선망했을까? 우선 일이 단순한 것 같았다. 자전거를 타고 상쾌하게 시골길을 달릴 수 있을 것 같았고 편지를 기다리는 사람들이 집배원을 반겨주는 모습이 좋아 보였다. 또 농번기에는 농군들이 주는 새참과 막걸리를 얻어 마실 수 있는 여유가 있는 것도 좋았다. 더 중요한 이유는 시골 초등학교 선생님과 우체국 집배원은 밤이나 일요일에 책 읽을 시간이 많을 테니 좋은 글을 쓸 수 있는 최적의 환경이라고 생각했던 것 같다.

그러나 뜻하지 않게 석가모니 선생님에게 덜미를 잡혀 금생에는 그 꿈도 포기해야 했다. 그렇게 세월은 흘렀다. 어느 날 어느 모임에서 어릴 적 꿈을 포기했다고 하니, 사람들이 말한다.

"스님, 왜 꿈을 못 이루었다고 생각하세요? 스님은 스님이 된 순간부터 선생님 아니에요?"

불특정 다수를 대상으로 강의하고 법문法門을 하니 이미 교사라는 지적이다. 게다가 등단작이 마지막 작품이 되었지만, 문예지를 통해 이미 시인 타이틀도 따지 않았느냐하는 것이다. 듣고 보니 그럴듯한 해석이다. 그렇지만 중고

생들에게 일회성 특강이 아닌 정규 과목을 가르치고 싶은 욕구가 틈틈이 있었다.

　몇 해 전 순천의 '사랑어린학교'에 간 적이 있었다. 김민해 목사가 교장으로 있는 대안학교다. 그때 아이들이 스스럼없이 김민해 목사에게 '님' 자를 넣지 않고, '두더지'라며 별명을 부르는 모습이 사뭇 부러웠다. 나도 만약 학교 선생님이 될 수 있다면 '스님'이 아닌 별명으로 불리고 싶다고 생각했다. 그런 염원이 씨앗이 된 것일까? 지금 나는 실상사 작은학교에서 철학을 가르치는 선생님이 되었다. '두드려라, 그러면 열릴 것이다'라는 어김없는 진리가 증명된 것이다. 실은 직접적 계기가 있었다. 고병권 선생의 책 《묵묵》을 읽다가 그가 노들장애인야학과 대안학교에서 교사로서 수업하는 내용을 접했다. 그때 눈이 번쩍 뜨였다. '그래! 우리 실상에 학교가 있지.' 그리고 며칠 후 학교 선생으로 써달라고 청했다. 하여 서류 없이, 필기시험 없이, 면접 없이, 그저 신용으로 합격했다. 역시 지성이면 감천이다.
　좋은 일 말하는 걸 좋아하는, 입이 가벼운 내가 이 경사스러운 취직을 널리 자랑하지 않을 리 없다. 그러면서 실상사 작은학교에서 쓸 별명을 공모했다. 그중에서 선택한 별명이 영화 〈반지의 제왕〉에 나오는 마법사 '간달프'. 마음씨 좋고 인품 넉넉하고 지혜로운 마법사라 한다. 어감도 좋으니 머뭇거리지 않고 간달프로 정했다.

실상사 작은학교는 2020년에 개교 20년을 맞았다. 처음에는 절 경내에 있는 컨테이너 건물 세 채로 시작했다. 숙소는 동네에 있는 집을 얻었다. 선생님을 포함해 6인이 가정을 이루었다. 지금은 절 건너편 산 위에 자리 잡아 공부하고 있다. 처음에는 중학생만을 대상으로 하다가 몇 해 전부터 '언니네'라고 불리는 고등학교 과정도 생겼다. 나는 언니네 반에서 수업을 하기로 했다. 학생은 모두 열넷이다. 과목은 철학인데, 교재는 '나의 동양고전 독법'이라는 부제가 붙은 신영복 선생의 《강의》로 정했다.

불기 2564년, 단기 4353년, 서기 2020년, 양력 5월 6일, 음력 윤4월 14일 오전 9시 10분. 아! 드디어 간달프 선생의 첫 수업이다. 이날은 내 인생 역사에 소중하게 기억되고 기록해야 할 날이 아닐는지… 그런데 첫 수업 며칠 전부터 작은학교의 최고참 김태훈 선생이 내게 예방 주사를 놓았다.

"스님, 너무 기대하시면 안 돼요. 상처받으시면 안 돼요."

왜 그러냐고 물으니, 아마도 잠을 못 이겨 조는 학생, 수업에 심드렁한 반응을 하는 학생도 있을 것인데 애정과 열정이 넘치는 스님이 상처받을까 봐 걱정된다고 한다. 당장의 화두가 생겼다. 어떻게 해야 한 명도 안 졸고 생생한 정신으로 강의에 집중하게 할 수 있을 것인가? 하여 나름대로 작전을 세웠다. 먼저, 졸음은 생리적인 반응이니 퇴치법도 생리적으로 처방하기로 했다. 그래서? 수업하기 전에 맛과 향기가 좋은 녹차와 우롱차 등 각성 효과가 높은 고성능의 차를 듬뿍 주었다. 아울러 입맛 당기는 과자도 다식으로 곁들였다. 작전은 대성공이었다. 나를 대하는 학생들의 표정도 환하고 흔연하다. 역시 줄과 인기는 '먹이'로 세우는 것이 최고다.

학생들의 얼굴과 이름을 익히기 위해 출석부에 있는 이름을 불렀다. 학생들을 보니 내가 아는 얼굴도, 이름도 있다. 순아는 내가 예전 실상사에 살 때부터 얼굴을 익혔던 아이다. 그 시절 서너 살이던 순아는 참 새침했는데, 이제 반듯하고 속 깊은 고등학생이 되어 선생과 학생으로 다시 만났다. 또 허금강이도 다시 만났다. 금강이와 사제 관계로 만나다니, 인연은 참 묘하다. 금강이의 부모와 나의 인연은 오래되었다. 금강이는 실상사에서 가까운 마천면에서 태어났다. 그때 우연히 실상사에 들른 미황사 주지 스님과 함께 금강이의 집을 방문했다. 생후 100일쯤 된 아이가 얼마나 귀여웠겠는가? 아이 이름을 물었다. 순간 엄마 아빠가 살짝 당황한 기색을 보였다. 미황사 주지 스님 법명이 금강이었기 때문이다. 모두 웃었다. 그 자리에서 나는 덕담을 늘어놓았다.

"이야, 금강이 요 녀석 볼수록 착하게 생겼네. 금강이는 참 복스러운 상이네. 금강아, 금강아, 부디 부모님 속 썩이지 말고 잘 크거라."

덕담할 때 금강 스님의 얼굴을 슬쩍 본 것은 당연하다.

그 후 금강이는 초등학교 4학년부터 6학년까지 여름이면 금강 스님이 주지로 있는 미황사 어린이 한문학당을 성실하게 다녔다고 한다. 아마도 미황사에서 금강 스님이 지나가면 아이들이 금강이를 보면서 "금강아, 놀자"라고 장난을 했을지도 모르겠다.

내가 출석을 부르면 이름이 불린 당사자는 일주일 동안 가장 기분 좋았던 일을 말하는 것으로 수업 인사를 대신하기로 했다.

"비가 오고 난 다음 날 날이 밝아서 기분이 좋았습니다."

"학교에서 키우는 닭들이 병아리를 낳아서 신비로운 감정이 들어 행복했습니다."

걸음걸음에 무심과 평온을

"외줄타기에 성공해서 하수용 선생님이 약속했던 피자를 얻어 먹었습니다. 기분이 짱이었습니다."

"그래요, 우리는 별의별 것에서 행복을 찾을 수 있지요. 사소한 것들에서 기쁨을 얻고, 행복의 가짓수가 많은 사람이 행복한 사람이겠지요? 또 행복은 누구와도 비교할 수 없지요."

이어 간단하게 내 소개를 한 뒤 앞으로는 '간달프'라고 부르라고 했다. 그러고는 내심 짐작을 해봤다. 별명으로 부르라고는 했지만, 과연 아이들이 정말 그렇게 부를까? 편하게 별명으로 부르라고 했지만 그래도 어려울 테니 '스님'이라고 부르거나, 아니면 '간달프 선생님'이라고 부르겠지. 그러나 순진한 생각이었다. 수업 중 학생들 하시는 말씀, "저, 간달프. 질문이 있는데…" 참 스스럼없고 자연스럽다. 그래, 그렇지. 김민해 목사에게 학생들이 '두더지' 하고 부르는 그 어감이고 정감이다. 곧 예순을 바라보는 나와 10대 사이의 소통 방식이 이렇게 발랄하니 절로 기분이 좋아진다. '맞먹다'는 말은 '마음먹다'라는 단어와 통하는 것 아니겠는가?

기분 좋게 시작한 첫 수업의 첫 질문은 이러하다.

"자, 여러분, 왜 철학을 공부해야 하나요? 우리 인생에 해답보다 더 먼저인 게 있기 때문입니다. 그것은 질문입니다. 그렇다면 '왜'라는 질문은 왜 필요한가요?"

왜 이런 질문으로 첫 수업의 문을 열었느냐고 물으신다면? 묻지 않으면 우리는 언제나, 어디서나, 누구나, 답을 하나만 선택해야 하는, 건조하고, 답답하고, 불행한 삶을 살게 되기 때문이다.

걸음걸음에 무심과 평온을

산승의
방 안은

이렇습니다

출가 이후 나름의 규칙을 정했다. 열쇠로 방을 잠그지
않는다. 그리고 텔레비전을 들여놓지 않는다. 이 두 가지 규
칙은 지금까지 잘 지키고 있다. 열쇠를 사용하지 않는 까닭
은 산사의 방을 열쇠로 잠근 풍경이 아름답지도 않고 한편
으로는 서글프기도 하기 때문이다. 그리고 만약 도둑이 탐
낼 만한 물건이 내 방에 있다면 최소한의 소유로 삶의 기쁨
을 누려야 할 수행자로서도 떳떳하지 못하겠다는 생각이
들었다. 수행자는 '비움'으로써 '충만'한 삶을 추구해야 하
기 때문이다.

텔레비전은 한때 적적하여 사용할까 하다가 그만 마음

을 접었다. 보는 시간을 절제할 자신도 없고, 이러면 세간 사람과 뭐가 다를까? 하는 생각에서다. 텔레비전에 관해 한 번은 이런 일이 있었다. 홀로 사는 암자에 처음 온 분에게 차를 대접했는데, 그분이 대뜸 이렇게 말씀하셨다.

"스님, 오늘 처음 뵈었는데 일단 믿음이 갑니다."

다소 당황하여 그 연유를 물었다. 오자마자 암자 주위를 둘러보고 방 안에 들어왔는데 텔레비전이 보이지 않더라. 그래서 믿음과 호감이 간다는 것이었다. 에고, 관세음보살!

오지에 사는 인디언들은 평생을 살아가는 데 필요한 물품이 25개면 족하다고 한다. 그러나 나는 결코 그렇지 못하다. 이제부터 내 방 안의 소유물을 공개한다. 방의 크기는 대략 8평 남짓하다. 가장 가짓수가 많은 것은 책이다. 지금 방에는 책이 많지 않다. 작년에 이사하면서 대부분 정리하고 이제는 반드시 읽어야 할 책만 두었다. 또 전자책을 이용한다. 왜 예전에는 책을 안 읽더라도 일단 사두어야만 안심이 되었는지 모르겠다. 그다음으로 많은 것이 옷이다. 가장 죄송하고 후회되는 소유물이다. 옷의 종류와 가짓수가 적정하지 않고 어지럽다. 상의 회색 조끼는 두 벌이면 적절한데 여섯 벌이 있다. 두루마기도 계절별로 서너 벌이면 되는데 훨씬 많다. 아주 난감한 옷은 방한 패딩이다. 산중이 추울 거라고 생각해 불자들이 가장 많이 주는 선물이 패딩이다. 여덟 벌 정도의 패딩을 이리저리 나누는 일도 만만찮다 (이 글을 쓰고 있는 지금도 지인이 와서 패딩 조끼를 선물한다. 나무 관세음보살…). 그 외에 양말과 일반 상하의 옷도 필요 이상으로 많다. 한두 번 입거나 입지 않는 옷도 많다. 차분하지 않고 짜임새 없는 내 성격이 여기서 드러난다.

현재 내 소유물 중 제일 고가품은 아마 음향기기이고 그다음이 컴퓨터일 것 같다. 음악을 듣는 스피커는 10여 년 전 절친한 지인이 선물한 것이다. 내 감성이 삭막하다고 기를 죽여가며 사주었는데 대략 200만 원 정도인 것 같다. 컴퓨터는 노트북까지 두 대가 있다. 내 소유물 중에서 가장 친숙하며 사용하는 시간이 많은 편이다. 아! 고가품이 또 있다. 120만 원 정도 되는 돌침대를 사용하고 있다. 몸이 부실하여 여름에도 등이 따뜻해야 숙면을 취할 수 있다. 이를 알게 된 어느 지인이 사용하지 않는 돌침대가 있다고 해서 고맙게 받아 쓰고 있다. 산중에 어울리지 않을 듯한 가전제품도 하나 있는데 제습기가 그것이다. 절을 옮겨 다닐 때마다 분신처럼 가지고 다닌다. 공기 좋은 산중에서 어인 제습기냐고 하실지 모르지만 산중 살이에는 필수품에 가깝다.

도심보다 습기가 자주 침범하기 때문이다. 몇 년 동안 사용하던 중고 승용차는 작년 실상사에 와서 공동체에 기증했다. 지금은 대중교통과 절의 공용 차량을 사용하고 있다. 개인 차량을 처분하니 책 읽고 노동하고 산책할 시간이 많아졌다.

얼마 전, 살까 말까 며칠을 망설이다가 결국 구입한 물건이 있다. 22만 원을 지불하고 산 빈백 소파다. 구입을 망설인 이유는 있었다. 물건을 살 때 세 가지 기준이 있다. 반드시 필요한가? 굳이 필요는 없는데 편리해서 사려는 것일까? 필요하지는 않는데 새롭고 좋아서 사려는 것인가? 이 중 가급적 반드시 필요한 것만을 사자고 다짐한다. 그런데 빈백 소파는 반드시 필요해서 구입하려는 것인가, 아니면 편리하기 때문에 구입하려는 것인가. 선승이 화두 들 듯 궁리 고심 끝에 가급적 필요한 것이라고 결론을 내렸다. 몸이 다소 피곤할 때, 의자에서 책을 읽기는 힘들고 그렇다고 침대에 누우면 깊은 잠에 빠지기 쉽다. 독서와 휴식에 적절할 것 같은 생각도 들었다. 사용해보니 옳은 결정인 것 같다. 요새는 산승에게도 커피를 청하는 분들이 많아 9,800원에 커피 분쇄기 하나, 32,000원에 더치커피 내리는 용구를 샀다. 맞춤형 서비스가 곧 현대판 보시라고 변명한다.

걸음걸음에 무심과 평온을

편리해서 산 것 중 하나는 차탕기다. 녹차 외에 약용을 겸한 차를 다기 용구에 우려내기는 알맞지 않다. 하지만 차탕기의 유용함에 비해 막상 자주 사용하지는 않는다. 세속의 수많은 가전제품이 창고에서 주무시는 이유를 알 것 같다. 냉장고는 조금 고심하다가 들여놓지 않기로 했다. 30미터만 걸으면 대중용 냉장고를 쓸 수 있는데 조금 편리하다고 소형이나마 허락하는 것은 아니다 싶었다. 소형 전기 청소기는 하루 정도 생각하다가 생각을 접었다. 내 방은 한쪽 벽면이 온통 창이다. 그 틈새에 먼지와 벌레들이 가득하기 때문에 빗자루와 걸레만으로는 한계가 있다. 그러나 몸을 조금 사용하면 될 일인데 기계의 도움을 받기는 싫었다. 이러다가 나중에는 로봇 청소기를 사용할지도 모른다. 감각이라는 게 자기 합리화를 잘 하기 때문이다. 다기 종류는 굳이 필요하지도 않고 현재 있는 것만으로도 충분한데 매번 사고 싶다. 차를 좋아하기 때문에 멋있고 아름답고 매혹적인 차 관련 제품을 볼 때면 수시로 마음이 흔들린다.

청소를 말끔히 하고 방 안을 살펴본다. 이제는 일상에서 사용할 소모품을 제외하고 새로 구입할 소유물은 없을 듯하다. 그래도 방심하면 안 된다. 권태와 기호의 유혹을 이기지 못해 발생하는 소소한 욕망과 애착의 번뇌를 낮잡아

보면 큰코다치기 쉽다.

　현대사회에서 수행자의 소유물과 소비생활에 밀접한
영향을 주는 문화가 있는데, 바로 종교인과 신자의 관계
다. 때로는 나도 신자들의 과도한 보시에 당황한 적이 있다.
1970년대 초까지 비구 수행자가 시계를 차고 있으면 스님
들끼리도 속스럽다고 수군댔다. 그런 분위기에서 20대 초
반에 어느 불자에게 시계를 선물 받았다. 받고 보니 이걸
어쩌나! 척 보기에도 고가품이었다. 그것도 황금빛이 호화
롭게 빛나는 시계다. 누가 보아도 삭발하고 회색 승복을 입
은 젊은 수행자에게 어울릴 수 없다. 나중에 알고 보니 그
시계는 당시 300만 원대인 고급 제품이었다. 명백한 사치
품이었다. 신심이 깊고 돈이 많은 불자가 본인들의 소비 수
준에서 그런 고급 명품을 선물한 것이다. 받고 나서 매우
곤혹스러웠다. 차마 반짝반짝 빛나는 황금빛 시계를 손목
에 걸 수가 없어 서랍에 보관하다가 보시한 분이 오면 그때
만 사용하곤 했다. 평생 수갑을 찬 적은 없어 그 기분을 모
르지만 여하튼 당시에 그건 마음을 묶는 족쇄였다. 불교만
그런가 해서 알아보니 이웃 동네도 별반 다를 게 없었다.
신부님과 목사님에게도 어울리지 않은 고가품이 전달된다

는 것이다. 나무 관세음보살….

이 지면을 빌어 신자들에게 부탁한다. 종교인들에게 선물을 줄 때 세 가지 정도는 깊이 숙고하기 바란다. 첫째, 선물(공양)을 주는 나의 의도는 순수한가? 둘째, 내가 선물을 드릴 상대는 선물을 받을 만한 사람인가? 셋째, 주고받는 이의 마음에 청정하고 소박한 기쁨을 만들어주는 선물인가? 소위 '개념 없는' 선물은 종교인을 망칠 수 있다. 적정하지 않은 선물로 낮고, 소박하고, 겸허하고, 평등하고, 세심하게 살피고, 최소한의 소유로 내면의 큰 기쁨을 누리며, 단순 소박한 삶을 지향하는 종교인의 내면을 방해해서는 안 될 것이다.

농경 사회를 넘어 산업화 사회로, 산업화 사회를 넘어 금융과 자본이 판치는 사회로, 정보와 디지털 사회로, 삶의 속도는 매우 빨라졌고 재화의 양은 넘쳐난다. 이제 대중은 손에 잡히는 물품을 넘어 디지털 공간에서 생산하는 정보와 영상, 게임 등에서 소비를 이어간다.

나도 가끔은 인간의 예민한 기호를 자극하기 위해 제품의 수명을 일부러 단축시키는 기업의 계획적 진부화, 즉 '노후화 기술'의 유혹을 받고 있다. (여름을 맞아 좀 더 조용하고 세련된 모양의 선풍기를 사려다가 그만두었음을 고백한다.)
오! 붓다여! 싫증 나니 사고 싶고, 새로워서 사고 싶은 시험
에 들지 말게 하옵소서. 필요하지도 않은데 온갖 구실 붙여
사지 말게 하소서. 단지 좋아서 사지 말게 하옵소서. 편리와
취향이 나를 흔들지 말게 하옵소서….

'나는 소비한다. 그러므로 나는 존재한다'라는 관념이
현실을 지배하고 있다. 단순 소박한 삶이란 '나는 자연인이
다'를 말하는 게 아니다. 저마다의 자리에서 자신과 이웃,
더불어 사는 세계의 평온과 공존을 위한, 적정한 규모의 살
림살이를 꾸리는 일을 뜻한다. 존엄한 인간으로서 돈과 물
건들에게 지배당하고 살 수는 없지 않겠는가.

타고르 시인의 《기탄잘리》를 낭독하며 단순 소박한 삶
의 의지를 다져본다.

나의 노래는 모든 장식을 떼어냈습니다. 나의 노래는 자
랑할 만한 옷과 치장을 갖고 있지 않습니다. 모든 장신구
는 우리의 하나 됨을 방해합니다. 그것들은 당신과 나 사
이를 가로막고, 장신구 소리가 당신의 목소리를 지워버릴
지도 모릅니다.
내가 가진 시인의 자만심은 당신 앞에 서면 부끄러워 모

습을 감춥니다. 오, 최고의 시인이여, 당신의 발 아래 나는 앉습니다. 나의 일생이 다만 소박하고 곧은 것이 되게 하소서. 당신이 음악으로 가득 채우는 갈대 피리와 같이.*

* 라빈드라나드 타고르, 류시화 옮김, 《기탄잘리》, 무소의뿔, 2017.

마음과
마음이

오간다

해님, 구름님, 바람님, 비님, 흙님과 어울려 곡식을 길러낸 착한 농부님, 그리고 음식을 만들어준 공양주님, 고맙습니다. 천천히 꼭꼭 씹어 먹고 몸에 깃든 어머니 자연 품대로 뭇 생명과 더불어 살겠습니다.

실상사의 식사 기도문이다. 절에서는 식당을 공양간이라고 한다. 지금은 음식 올리는 일을 '공양'이라고 하지만, 본디 공양供養이란 존중과 헌신의 마음을 담아 부처님이나 수행자들에게 올리는 선물이다. 초기 불교 시대에는 음식과 의복, 침구류와 의약품을 주로 공양했다. 생존과 생활의 필수품을 주로 공양한 것이다. 헌공 의식에는 여섯 가지 공양물을 올린다. 쌀과 향과 차, 꽃과 과일, 등불을 올린다. 이 공양물에는 저마다 상징과 의미가 있다. 향은 번뇌의 악취를 제거하고, 등불은 무명의 어둠을 소멸하고 밝힌다. 그리고 밥은 주린 사람의 배를 채워주고 생명을 양육한다. 여러 공양 중에서도 음식은 가장 중요한 공양물이었다. 지금도 동남아 불교권에서는 수행자들이 날마다 이른 새벽 6시에 절 근처 동네에서 불자들에게 음식을 얻는, 탁발托鉢 전통이 이어지고 있다. 세간의 이웃들은 수행자에게 믿음과 공경의 마음을 담아 밥을 드린다. 그리고 밥을 받은 수행자는 최소한의 소유로 살아가면서 지혜와 자비심을 함양하여 세속의 벗들과 이를 나눈다. 밥을 주고받으며 그 사이에서 공감과 교류가 흐른다. 마음과 마음이 밥을 통해 상호 소통한다.

이 세상의 밥은 이렇게 상호 소통으로 존재하고 빛난다. 또 상호 공감하는 밥은 상호 협력으로 탄생한다. 앞서 인용한 식사 기도문을 보자. 내게 온 한 그릇의 밥은 해와 바람과 비와 흙이라는 자연과 농부의 정성으로 만들어진다. 나를 사랑하는 부모의 마음이 밥을 통해서 내 마음으로 온다. 이런 협력과 정성으로 내게 온 밥을 먹은 나는 어떻게 살아야 하는가. "몸에 깃든 어머니 자연 품대로 뭇 생명과 더불어" 사이 좋게 살아야 한다. 이렇게 한 그릇의 밥은 우주의 섭리고 자연의 법칙이며, 생명의 윤리적 질서다. 밥에 담긴 철학이 결코 가볍지 않다. 밥을 먹지 못하면 우리가 생명을 유지할 수 없듯이, 밥의 철학을 이해하지 못하거나 동의하지 않는다면 지구별 생명의 질서도 유지할 수 없다.

이런 밥의 철학을 곳곳에서 확인한다. 놀랍게도 실상사와 비슷한 기도문을 쓰는 곳이 있다. 기독교 정신을 바탕으로 살아가는 강원도 홍천의 밝은누리공동체와 박노해 시인의 나눔문화 등 대안문화를 지향하는 공동체 기도문의 내용이 대략 같다. 밥의 철학을 공유하는 셈이다.

그러나 최근 은혜와 협력, 나눔과 공존, 존중과 평등이라는 생명의 질서가 담긴 밥의 철학이 여러 이유로 무너지고 있다. 식량 위기, 식량의 자원화, 식량의 무기화, 식량 전쟁, 이런 언어들이 국내외 사회의 수면 위로 올라와 있다. 밥에 대한 집단 무지이고, 대단한 무례가 아닐 수 없다. 농자천하지대본農者天下之大本에서 식량자본지무기食糧資本之武器의 세상으로 변질될 위험이 곳곳에서 감지되고 있다.

밥이 탄생하고 존재하는 까닭은 생명체의 건강한 보존

과 양육에 있을 터이고, 밥이 철학으로 빛나는 이유는 서로의 주림을 막아주고 웃음과 사랑을 꽃피우기 때문일 터인데, 어느 곳에서는 밥이 없어 굶어 죽어가고, 어느 곳에서는 물량 조절을 위해 밥을 집단으로 폐기하고 있다. 밥의 정신이 변질되었음이 분명하다. 인간의 지독한 탐욕에 따른 과보果報로 기후 위기가 오고, 이어 식량이 위기를 맞으며 밥의 정신마저 위기를 맞고 있다. 탐욕을 채우기 위해 식량을 무기 삼아 다른 나라를 협박하고 협상한다. 이 또한 밥의 정신이 변질되고 있는 위기 징후다.

시인들은 말한다. 꽃과 나무가 돈으로 보이는 순간, 나무의 푸른 싱그러움도 보이지 않고 꽃의 향기도 맡을 수 없다고. 밥의 결핍을 걱정하는 세상, 밥의 이동을 조작하여 밥을 돈으로 환산하는 세상, 그런 세상에서는 '식구'라는 공동체가 무너진다. 제발 인간이 인간일 수 있게 하는, 최소한의 근본 존엄인, 집과 밥을 가지고 장난치지 말자. 밥을 조작하는 시대는 인간의 존엄성이 무너지는 미래를 부른다. 밥은 함께 나눠 먹고 살라는 하늘의 명령이다. 밥은 하늘이다.

소인은 끼리끼리,
군자는 함께

어울린다

작은학교 두 번째 수업이다. 학생들과 가까워지기 위해 민이에게 가벼운 질문을 한다.

"민이는 고향이 어디예요?"

"충청도입니다."

"아! 그래요? 나도 아주 옛날에 계룡산에서 3년 살았는데, 어느 군에서 살았나요?"

"말해줄 수 없어요."

"아니, 왜?"

"개인정보예요. 더 이상 묻지 마세요."

민이 덕분에 나는 한번 크게 웃는다. 다른 학생들도 여

걸음걸음에 무심과 평온을

러 의미를 담은 묘한 웃음을 짓는다. 나는 속으로 다짐한다. 이후 민이가 나에게 무엇을 물으면 "음, 그것은 곤란한데. 내 개인정보를 함부로 노출할 수 없거든" 하며, 복수할 생각이다. 내가 뒷심이 약하고 뒤끝이 성실하다는 사실을 학생들은 모르리라. 왜냐하면, 이 또한 나의 개인정보이기 때문이다.

앞서 말했듯이 작은학교의 철학 수업 교재는 신영복 선생의 《강의》다. 학생들에게는 많이 어려울 수 있어서 첫수업에서 이렇게 말해두었다.

"공부한다는 것은 몸과 마음이 미지의 세계를 탐험하는 여행입니다. 내가 가보지 않은 길, 낯설고, 싫고, 힘들고, 어려운 길을 기꺼이 가는 일입니다."

내게 익숙하고, 쉽고, 좋아하는 길만 걸으려 하면 당장은 편안하겠지만, 성장과 성숙은 이루어지지 않는다고 말했다. 그러니 교재로 선택한 책이 어렵더라도 무조건 파고들어 읽자고 했다. 다행히 학생들도 공감해주었다. 예습은 간단하다. 다음 시간에 공부할 내용을 읽고, 자기의 마음을 울리는 구절에 밑줄을 그으면 된다. 그리고 나름대로 생각을 말하면 된다.

신영복 선생의 해석과 해설을 중심으로 동양고전을 공

부하지만, 그래도 중요한 핵심 사상은 한문으로 설명해야 할 것 같아 먼저 '화이부동和而不同'을 꺼내었다.

"자, 여러분. 읽어볼까요?"

학생들, 말이 없다. 왜냐? 한자를 모르기 때문이다. 일단 이렇게 학생들 기를 죽이고 선생의 권위를 세워본다. 한두 학생이 겨우 세 번째 글자가 '아니 불' 자인 것 같다고 했다. 학생들에게 알고 있는 한자가 몇 자 정도인가를 물었다. 그러자 매우 당당하게 열 자 정도는 알고 있다고 한다. 본인의 이름 세 자, 그리고 나머지 일곱 자는 월화수목금토일, 이란다. 오! 관세음보살.

일단 대략적으로 뜻을 설명해준다.

"공자님이 자주 사용하는 '군자'는 요샛말로 하자면 훌륭한 인품을 갖춘 사람을 말합니다. 군자는 '화이부동' 하고 소인은 '동이불화同而不和'라고 말씀하셨지요. 예를 들어 군자의 꽃밭에는 여러 꽃이 차별 없이 피어 있으나 소인은 본인이 좋아하는 꽃들로만 꽃밭을 채운 것과 같지요. 부처님은 '화엄華嚴'을 말씀하셨어요. 세계의 모든 존재가 저마다 존엄을 지키고, 다른 존재들을 존중하고 공경하며 평화롭게 살아가는 세상에 대해 말했습니다."

내 말에 이어 학생들이 각자 의견을 말한다. 비록 '화이

걸음걸음에 무심과 평온을

부동'이라는 한자어는 못 읽어도 단어의 뜻을 이해하고 나름대로 설명하는 능력이 뛰어나다. 말은 어눌하지만 '다양성'과 '획일성'의 차이에 대해서도 잘 알고 있다. 책을 많이 읽어서 학습 능력이 뛰어나다기보다는 외려 실제 생활에서 경험하고 느끼면서 깨달은 앎이라고 생각한다.

학생들이 마음에 닿아 그은 밑줄과 내가 그은 밑줄도 많이 겹친다.

"어? 그대도 그 문장에 마음이 핀 모양이네. 나도 예전에 거기에 줄을 그었는데."

학생들의 얼굴이 순간 밝게 피어난다. 공감의 기쁨이란 게 이렇다.

세 번째 수업에서는 많은 학생이 이 구절에 주목해 놀랐다.

우리는 사랑하지 않는 것도 알 수 있다는 생각을 버려야 합니다. 애정 없는 타자와 관계없는 대상에 대하여 알 수 있다는 환상을 버려야 합니다.[*]

* 신영복, 《강의》, 돌베개, 2004.

이 문장은 해독하기는 어렵지 않으나 뜻을 이해하기는 어렵다. 관계, 사랑, 앎, 공감의 맥락을 이해하고 소통하기가 어디 그리 만만하겠는가? 그러나 학생들은 다양한 비유와 경험을 들어 잘 안다는 것은 관심과 애정이 있을 때 가능하다는 뜻 아니겠느냐고 말했다. 정보의 습득과 앎의 차이를 어느 정도 체득한 듯했다.

학생들의 의견을 듣고 이렇게 근거를 제시해주었다.

번지가 인仁에 관하여 질문했다. 공자가 대답하기를, "인이란 애인愛人이다". 이어서 지知에 대해 질문했다. 공자가 대답하기를, "지란 지인知人이다".*

사랑의 대상도 앎의 대상도 바로 '사람'이다. 사람과 사물을 향해 관심과 애정을 가질 때, 나를 내세우지 않고 편견을 두지 않으면서 바라보고 귀 기울일 때, 우리는 친구와 사물에 관해 잘 알 수 있다고 생각을 나누었다. 나아가 첫 수업 때 철학의 본뜻이 사랑과 지혜라고 말했음을 상기했다. 그러므로 사랑 없는 앎은 그저 정보에 지나지 않음을,

---

* 신영복, 앞의 책.

걸음걸음에 무심과 평온을

참다운 삶은 침착한 머리와 뜨거운 가슴이 함께하는 것임을 논했다.

6월의 어느 수요일 수업은 야외에서 진행했다. 야외 수업이라고 해서 한가한 소풍을 상상하면 안 된다. 실상사 공동체의 모든 대중이 함께 모내기하는 날이다. 학생들, 스님들, 공동체 각 영역에 사는 사람들 포함 70여 명이 모였다. 사물놀이 풍악으로 길을 내고 흥을 돋우며 논으로 향했다. 오전 6시에 시작하여 오후 4시에 일을 끝냈다.

이날 나는 내심 내 실력을 보여주려고 했다. 농촌에서 성장한 나는 모를 많이 심었다. 모심는 기술 중 하나가 서너 개 정도의 모를 찢어서 심는 일이다. 경험이 없는 사람들은 서툴고 힘들어 동작이 느릴 수밖에 없다. 예전에 실상사에 살며 모를 심었을 때는 초보자들이 두 포기 정도 심는 동안 나를 비롯한 경험자들은 여덟 포기를 심었다. 그런데 10년이면 강산도 변한다고, 올해 모를 심어보니 그 실력을 발휘할 수가 없었다. 최근에는 '호트 모'라고 해서, 알맞은 개수로 모가 이미 묶여 있다. 모판에서 뽑아 그대로 심기만 하면 된다. 그러니 내 실력을 자랑할 수가 없었다. 되레 작은학교 학생들이 나보다 훨씬 모를 잘 심었다.

옆에서 보니 학생들이 잘 심기도 하려니와 노동이 몸에 익은 듯했다. 바다 갯벌 같은 흙바닥에 맨발을 담가가며 오랜 시간 게으름 없이, 쉼 없이, 요령 피우지 않고 진득하게 일한다. 이는 평상시에 갈고닦은 실력일 것이다. 작은학교 수업 과목 중에는 '자치 살림'이 있다. 논과 밭에서 노동하는 과목이다. 학생 모두 장화를 신고 삽과 괭이, 호미를 든 채 일터로 가는 모습이 자연스럽다. 참 이쁘고 대견하고 듬직하다. 한 학생은 은근 자랑도 한다.

"간달프! 제가 일에 중독된 것 같아요."

그 연유를 물으니 며칠 동안 작은학교 소유의 논에서 일을 했는데, 묘한 쾌감이 느껴진다는 것이다. 오! 나무 노동보살 마하살….

일이 힘들면 절로 노래가 나온다. 학생과 교사들도 논에서 일하면 절로 노래를 부른다. 일을 신나게 하려면 흥을 돋우어야 한다. 모내는 날, 흥을 돋우는 이는 논 양쪽에서 줄을 잡고 옮기는 이의 몫이다. 나도 한 시간 정도 못줄 옮기는 일을 했다. 내 건너편에서 못줄을 잡고 있는 이는 전편에 말했던, 미황사 주지 스님과 동명인 허금강 군이다.

내가 말한다.

"(줄을 들어 옮기고자) 어이~"

허금강이 답한다.

"(한 줄 옮기고) 어이~"

"어이~"

"어이~"

이렇게 몇 줄을 옮긴다.

"금강아!"

"네, 왜 그러세요?"

"금강아, 너 왜 나에게 '어이' 하면서 반말하니?"

허금강, 대답을 못 한다. 다음 줄을 옮길 때다.

"스으님!"

"왜 부우울러?"

"줄 옮기자고요."

에고, 순진한 녀석. 나무 관세음보살….

다음 주는 《맹자》 두 번째 수업이다. 측은지심, 수오지심, 사양지심, 시비지심을 논한다. 그나저나 한자를 모를 터이니 이를 어쩌나, 관세음보살.

적막한 산중에선
무슨 일을
하고 사는가

"스님, 저희들과 차 마시는 시간 외에는 어떻게 지내십니까?"

칼끝처럼 뾰족한 말 한마디. 진검 승부의 기운이 감지된다. 내가 즉각 답한다.

"수시隨時. 그때그때."

몇 해 전에 인문학 소양을 두루 갖추고 여러 종교의 공부 내공도 깊은 지인이 차를 마시다가 무심한 듯 내게 던진 질문이다. 사람들이 더러 이렇게 묻는 배경을 짐작한다. 산사는 대개 한적한 곳이고, 번잡스러운 일들이 거의 없으며, 때문에 외롭고 무료한 곳이라고 생각한다. 그래서 그 한적

　　　　　　　　　걸음걸음에 무심과 평온을

하고 일 없는 시간을 어떻게 보내느냐고 묻는 것이다. 예나 지금이나 세속 사람들은 산중의 수행자들이 별유천지비인간別有天地非人間의 세계에 사는 듯 여기고 있다.

그러나 하늘 아래 평온과 자유가 거저 주어지는 곳은 없다. 설령 완벽한 환경이 충족된 극락세계나 천당에서 살아간다고 해도 즐거움만 늘 가득하지는 않을 것이다. 왜 그런가? 삿된 생각과 헛된 욕구가 해소되지 않는 한 인간들의 견해와 욕구는 충돌할 수밖에 없기 때문이다. 몸은 극락세계에 있을지 몰라도 견해와 감정, 사건들이 얽혀서 갈등과 시비가 끊이지 않을 것이니 어찌 즐거움의 극치인 극락이라 하겠는가?

또 한 가지 인간이 가지고 있는 족쇄가 있다. 바로 권태의 감정이다. 무언가를 하지 않으면 견딜 수 없는 상태, 즉 '어떤 목표'를 이루기 위해 일하지 않으면 몸과 내면의 심리가 우울과 무기력으로 빠지는 그런 상태라 하겠다. 인간은 몸과 감정이 있기에 한 생을 살아가기가 그리 단순하지 않다.

그래서 세간의 벗들이 호기심을 갖는다. 적막한 산중에서 날마다 무슨 일을 하고 사는지, 고독하고 무섭고 심심하지는 않은지. 그러나 산중도 사람들이 살아가는 인간세계다. 사람들과 더불어 해야 하는 여러 역할이 있다. 개인의 일상도 있다. 별유천지비인간의 경지는 도피와 회피의 세계가 아니다. 마음이 그 무엇에도 휘둘리지 않고, 평온과 기쁨이 흐르는 일상을 꾸리는 것이다.

도심이 아닌 산중의 사찰에 살며 얻는 재미 중 하나는 자연과 함께할 수 있다는 점이다. 달과 별, 바람과 구름, 물소리와 새소리, 꽃과 나무와 사이좋게 살아가는 관조와 합일의 기쁨을 느낀다.

흰 구름 쌓인 곳에 초가집이 세 칸인데
앉고 눕고 쏘다녀도 저절로 한가롭네
시냇물은 졸졸졸 반야를 속삭이고
맑은 바람 달빛에 온몸이 서늘하다*

산길을 걷다가 문득 고려 후기 나옹 선사의 선시를 읊조린다. 마음이 절로 한가하다. 그런데 그 누구든 산중에서 살기만 한다면 매일 이런 심정으로 살 수 있는 것일까? 그렇지 않다. 앞서 말한 대로 마음이 그 무엇에 매이고 휘둘

*   정민, 《한시 미학 산책》, 휴머니스트, 2010.

걸음걸음에 무심과 평온을

린다면 비록 몸이 서방정토 극락세계에 있을지라도 흰 구름과 시냇물 소리는 보이지도 들리지도 않는다. 세 칸 초가집이 초라하고 마음은 시끄럽고 무료하다. 결국 일체유심조一切唯心造, 즉 마음이 모든 것을 만든다는 뜻이다. 그러니 평온과 기쁨을 어떤 환경의 문제로만 볼 수는 없다. 또 어떤 일의 문제로만 볼 수도 없을 것이다. 모든 것은 마음의 문제다.

실상사에서는 나의 소임이 있다. 그 외 시간에는 참선하고 책을 읽는다. 그리고 틈틈이 몸 쓰는 일을 한다. 공동체 사람들과 매일 아침 30분 정도 도량 청소를 하고, 매주 수요일 오후 내내 농장에서 울력을 한다. 그 외에 몇 사람과 더불어 몸 쓰는 일이 또 있는데, 소채와 산나물을 따서 공양간에 식재료로 주는 일이다. 또 산야초로 무얼 만들까 고민하며 산중에 사는 멋과 맛을 즐긴다.

영화 〈리틀 포레스트〉를 보신 분들은 농촌에서 살아가는 풍경을 생생하게 상상할 수 있을 것이다. 나는 이 영화를 좋아해 일본 작가 이가라시 다이스케의 만화를 원작으로 한 일본 영화와 이를 차용한 임순례 감독의 한국 영화를 몇 번이나 보았다. 보고 또 보아도 잔잔한 기쁨과 공감을 주는 영화다. 작년 지리산에 깃들면서는 나도 나름 이 영화대로 살아보기로 했다. 자연을 관조하고 활용하는 생활을 해보기로 한 것이다.

실상사 근처에는 식재료로 쓸 만한 것들이 지천이다. 게다가 농약을 쓰지 않아 청정하고 건강한 천연 재료들이 많다. 계절에 따라 싹이 나고 꽃이 피고 열매가 달린다. 그렇기 때문에 조금도 소홀할 수 없다. 그것들에게도 '수시, 그때그때'라는 말이 적용된다. 한가하면서도 세심하게 관찰해야 한다. 그리고 무엇보다도 부지런해야 한다.

농장에서 나는 각종 소채는 우리 절 농감 소임을 맡은 덕산 스님이 가꾸고 공급해준다. 이 스님은 그야말로 농사를 곧 수행으로 삼는 분이다. 아침부터 해가 질 때까지 농장에 계신다. 나는 산에 있는 취나물, 돗나물, 고사리 등을 채취한다. 절에 거주하는 대중 외에 오가는 손님도 많으니 가능한 한 많이 따서 공양간 보살님들에게 건넨다. 일용할 양식 수준으로 공급해야 한다.

약용으로 쓸 산야초들도 적기에 거둬들여야 한다. 봄부터 여름까지 풀과 과일들은 바람과 햇볕을 받으며 무럭무럭 자란다. 만물의 도움을 받아 자란 만물들이다. 4월에는 민들레, 겨울을 견딘 월동춘채, 싱아, 화살나무, 마가목의 잎과 뿌리를 거둔다. 이어 5월에는 엄나무, 뽕나무, 소나무, 아카시아 차례다. 6월에는 보리수(전라도에서는 포리똥이라고 부른다), 개복숭아, 쇠비름, 왕고들빼기(방구라지), 황매의 잎과 뿌리와 열매를 거둔다. 그중에서 굵은 민들레 뿌리를 통째로 먹었는데 마치 더덕의 향기와 흡사했다. 그야말로 풍성하고 풍족하다. 여름과 가을에도 자연이 주는 은혜가 가득하리라. 이러니 현대판 〈농부사시사〉와 〈농가월령가〉는 누가 지어도 좋겠다. 나무 약초보살 마하살!

이들을 모아 실상사에 사시는, 이 분야에 실력과 열정이 넘치는 분이 식재료를 만들고 약을 만든다. 음식과 약은 근원이 동일하다는 식약동원食藥同源을 생각한다. 히포크라테스 선생님도 음식으로 고치지 못하는 병은 약으로도 고칠 수 없다고 하였으니 자연물과 음식의 조화가 중요하지 않을 수 없다. 이렇게 산야초를 열거했지만 사실 거둬들이기가 그리 쉽지 않다. 꽤 힘이 들기 때문이다. 자연물을 내 몸으로 받아들이자면 무엇보다도 부지런해야 한다. 힘든 노동이 아닐 수 없다. 영화 〈리틀 포레스트〉를 생각해보시라. 보기에는 낭만적일 것 같지만, 뜨거운 볕과 모진 바람을 맞으며 벌레들과 같이 살아야 한다. 많은 시간 몸을 쓰느라 팔다리와 허리와 어깨에 통증이 온다. 세상에 쉬운 일이 어디 있겠는가? 힘들이지 않고 그저 주어지는 것들이 어디 있겠는가? 농촌에서의 삶은 〈리틀 포레스트〉에 나온 그런 풍경이 아님을, 한 달만 살아보면 알 수 있다.

또 하나 조심하고 주의해야 할 일이 있다. 자연에서 얻은 것을 제품으로 만들어 파는 사람들은 장삿속에 빠지지 않아야 한다. 이윤을 창출하지 말라는 말이 아니다. 자연에서 얻은 감성과 기쁨, 농사를 지을 때 시작한 초심을 잃어버리지 않아야 한다. 귀촌해서 장삿속의 함정에 빠진 사람들을 더러 보았기 때문이다. 인도의 시인 타고르는 이렇게 말했다. "장미 밭이 상업화되면 두견새도 시인도 감동시키지 못한다."

무사도인無事道人이라는 말을 떠올린다. 일 없이도 마음이 한가한 사람이라는 뜻이다. 무위도식無爲徒食이 아니다. 흔히 말하는 쓸모 있는 일과 쓸모없는 일로 분별하여 편집적으로 집착하면서 살지 말라는 뜻이다. 어떤 목표와 의도가 없더라도 그저 '오직 할 뿐'이다. 무슨 일을 해도 평온과 기쁨과 나눔이 없으면 그 일은 의미가 없을 것이다.

노승이 30년 전 참선하러 왔을 때는 산을 보면 산이었고 물을 보면 물이었다. 뒤에 와서 선지식을 친견하고 깨달아 들어간 곳이 있게 되자, 산을 보아도 산이 아니었고 물을 보아도 물이 아니었다. 그러나 이제 몸뚱이 쉴 곳을 얻으매 예전처럼 산을 보면 산이요 물을 보면 물일 뿐이다.

중국 송나라 청원유신 선사의 말이다. 선사가 말한 '몸뚱이 쉴 곳'은 무엇인가? 마음이 대상을 바라볼 때 삿된 소견과 헛된 욕구에 휘둘리지 않으며 집착하지 않는 무심과 평온의 상태일 것이다.

어설프게나마 옛 사람의 자취를 차용한 시로 글을 마무리한다.

내가 풀을 바라보고 있으니

풀이 내 눈으로 들어오고

내 몸이 온통 풀빛으로 물든다

나와 풀 사이에 경계 없고 시비 없으니

나도 빛나고 풀도 빛난다

이 밖에 무엇이 있으랴!

다동이에게도
불성이
있는가

조주 선사에게 어느 스님이 물었다.

"개에게도 부처의 마음이 있습니까? 없습니까?"

조주 선사가 답했다.

"없다."

선종 사서의 최고봉인 《무문관》 제1칙에 나오는 문답
이다. 이른바 '조주무자趙州無字'로 불린다. 지금도 선원에서
는 선승들이 이 '무자' 화두를 잡고 치열하게 참구한다. 붓
다는 어떤 생명들에게도 숭고하고 지혜로운 부처의 마음
이 있다고 했다. 그런데 왜 조주 선사는 붓다의 말씀에 거

걸음걸음에 무심과 평온을

역하고 개에게 불성이 없다고 했을까? 인간과 오랜 시간 동반자로 살아온 견공들은, 선승들을 절체절명의 절벽으로 몰아세운다. 이 의문을 타파하면 일체 무명이 녹아내리고 생사의 경계에서 자유로운 사람이 된다.

오늘날 개들은 사랑스러움부터 폄하의 표현까지 다양한 의미를 가지고 있다. 동물복지와 동물권을 중요한 과제로 여기는 반려동물의 시대, 이제 개에 대한 이야기를 해볼까 한다.

먼저 내가 지금 함께하는 반려견을 소개한다.

견명: 다동

견종: 골든레트리버 혼종

견공 번호: 20161103

성별: 남

체격: 높이 60센티미터, 길이 1미터

성격: 소심, 활달

취미: 들꽃 향기에 취하기, 명상 아닌 망상 하기, 둘레길 걷기

부업: 실상사 농장 근로감독관

먼저 다동이가 어떤 연유로 입산하여 불문에 인연을 맺었는지를 말해야겠다. 다동이는 서울에서 태어나 자랐다. 초대 견주, 즉 다동이 엄마는 '이루'라는 별호로 불리는 정진단 선생이다. 지금은 서울 정독도서관 근처에서 향과 차를 공부하며 문하생을 두고 있다. 다동이는 이루 선생과 그분의 어머님 사랑까지 듬뿍 받고 자랐다. 홀로 계시는 어머님을 배려해서 다동이를 데려와 키운 것이다.

다동이는 내가 붙인 이름이다. 서울에 있는 다동이를 대략 한 살 때부터 봤는데, 그때는 '투호우'라고 불렀다. 크게 관심이 없어서 그 뜻을 한 번도 묻지 않았다. 최근 물어봤는데 우리말로 옮기면 '토호土豪'라고 한다. 우리가 역사에서 부정적으로 읽은 토호 세력 할 때 그 토호란다. 지금 중국 본토에서는 신흥 재벌을 뜻한다고 한다. 관세음보살…. 참고로 이루 선생, 즉 다동이 첫 엄마는 한족 출신의 중국 국적을 가졌다. 다동과 토호, 참 안 어울리는 이름이다. 토호, '돈'에서 이제는 다동, '차'로 삶의 방향을 바꿔주었다.

두 해 넘게 이루 선생과 그 어머님의 사랑을 듬뿍 받고 자란 투호우의 견생에도 시련이 왔다. 어머님이 돌연 몸이 좋지 않아 더 이상 산책과 운동을 시킬 수가 없었다. 대형

걸음걸음에 무심과 평온을

견인지라 날로 몸집이 불어났다. 이 큰 놈이 하루 종일 집과 가게에서 움직이지 못한 채 앉아 있거나 누워 지내니 살맛을 잃은 듯했다. 점점 몸은 시들어가고 생기를 잃어갔다. 우울증과 비슷한 증세였다. 그래서 응급 상황을 넘겨보고자 당시 내가 살던 암자, 해남 대흥사 일지암에 입산했다. 아마 그때 투호우에게는 수도할 발심이 없었을 것이다.

서울에서 차를 타고 땅끝 일지암까지 온 그날, 투호우는 대략 눈치를 챈 느낌이었다. 나에게 엄청 애교를 부리고 재롱을 떨었다. 이루 선생과 일행들은 일지암에서 하룻밤을 묶었다. 그런데 다음 날, 이루 선생이 잠에서 깨어나 마루 문을 열고 나오니 투호우가 밤새 엄마의 신발 앞을 지키고 있다가 앞발을 들어 정신없이 안기는 것 아닌가. 투호우는 아마 이별을 강하게 예감했던 모양이다. 그렇게 그들은 애절하게 이별을 했다.

그로부터 투호우는 다동으로 이름을 바꿔 두륜산에 입산하고 일지암에서 수행했다. 차의 성지여서 차 다茶, 아이 동童, 다동으로 견생 2막을 연 셈이다(그렇지만 막상 녹차를 우려주면 잘 마시지는 않는다).

다동이 엄마가 가고 난 뒤 난 은근 걱정스러웠다. 이별의 아픔을 견디지 못해 음식을 먹지 않고 시름에 빠지면 어찌하나? 혹시 머나먼 천 리 길을 걸어서 주인 할머니를 찾아왔다던 진돗개와 같이, 나 몰래 하산하여 엄마 찾아 서울 가면 어찌하나? 한밤중에 엄마가 그리워 목 놓아 서럽게 울면 어찌하나? 그러나 기우에 불과했다. 다동이는 생기 충천하며 잘 먹고 잘 놀고 사람도 잘 따랐다. 운동 부족으로 불편해하던 오른편 뒷다리도 정상으로 회복되었다. 자식, 그래도 한 사흘은 슬픈 척이라도 하지… 관세음보살.

일지암은 해발 500미터 높이 상봉에 있다. 마당은 다소 넓은 편이지만 다동이가 활달하게 운동하기에는 부족하다. 녀석은 산책을 좋아하는 반면 등산은 그리 좋아하지 않는다. 그래서 중고 SUV에 태우고 산을 올라 함께 평탄한 길을 산책한다. 대흥사 십리숲길은 아름답기 그지없다. 다동이는 열린 창 밖으로 얼굴을 내밀고 불어오는 바람을 즐긴다. 뜻밖의 개를 보고 사람들은 여지없이 놀란다. 환호하며 사진을 찍는다. 다동이는 사람들의 인기를 은근 즐기는 것도 같다.

2019년 8월 나는 지금의 실상사로 거처를 옮겼는데, 다동이는 이곳을 더 좋아하는 것 같다. 실상사는 다른 산사와는 달리 논밭으로 둘러싸인 평지에 있어 언제든 산책하

걸음걸음에 무심과 평온을

기가 수월하기 때문이다. 사람이건 동물이건 모두 생물이다. 생물은 움직여야 하고, 움직일 때 생명이다. 생동할 때 생명의 기운은 순조롭다. 그러므로 생명의 평화는 순조로운 움직임에서 시작한다. 산책은 재미있다. 밝은 햇살 받으며 산과 구름을 보며 산길과 둑길을 걷는 맛이 좋다.

이제 다동이는 실상사가 있는 산내면 사람들에게도 인기 스타다. 스님이 키우는 개라고 동네에서는 화제가 되었다. 내가 모르는 사람들도 "오, 안녕! 네가 다동이구나. 반가워" 하고 말을 건넨다. 녀석이 거의 송아지 수준으로 덩치가 큰데도 사람들은 무서워하지 않는다. 특히 어린이들의 귀여움을 독차지하고 있다. 일요일 어린이 법회에 온 초등학생들은 어김없이 내 방 앞까지 와서 다동이를 쓰다듬고 같이 논다. 5학년 연우는, 내가 사람 나이로 따지면 다동이가 오빠라고 했더니, 꼬박 '다동이 오빠'라고 부른다. 연우는 '예능으로 말해도 다큐로 받아들이는' 정직하고 순진한 아이다.

나도 이런저런 핑계로 운동하기 싫을 때가 있다. 그래도 다동이 건강과 즐거움을 위해서 힘들어도 하루에 최소한 번은 산책해야 한다. 존재의 관계라는 것이 참 묘하다. 처음에는 내가 다동이 체력강화 코치인 줄 알았다. 그런데 지금은 그렇지도 않다. 내가 다동이를 끌고 간다고 생각했는데 살펴보니 아니다. 다동이가 나를 끌고 가고 있다. 어느덧 다동이가 나를 길들이고 있다. 다동이는 산책길에서 꽃과 풀 향기 맡기를 좋아한다. 아마도 첫 엄마가 침향 전문가라서 그런가 보다. 나는 다동이가 풀꽃 냄새를 충분히 음미할 때까지 기다려야 한다. 밖에서 보면 내가 갑이고 다동이가 을인 것 같지만 실상 정반대다.

다동이는 절의 수행견으로 부족함이 없다. 오계五戒를 철저하게 지킨다. 첫째, 불살생을 지킨다. 천사견이라는 별명답게 다른 생물을 죽이거나 물지 않는다. 둘째, 남의 물건을 훔치지 않는다. 가끔 농장의 음식물 쓰레기장을 기웃거리지만 주지 않는 물건을 가져오지는 않는다. 셋째, 삿된 음행을 하지 않는다. 수컷인데 첫 엄마가 중성화 수술을 해주었다고 하니 본의 아니게 평생 청정 독신으로 사실 것이다(이 부분은 다동이에게 미안하다). 또 거짓말도 하지 않고 술도 드시지 않으니 수행견으로 부족함이 없다. 공동체 울력에도 꼬박 참석한다. 대중들이 밭에서 일할 때 다동이는 흙바닥에 누워 일하는 풍경을 감상한다. 그래서 붙은 별명이 '실상사 농장 근로감독관'이다. 이러니 절의 대중으로서 결격 사유가 없다. 나와 더불어 수행하는 길 위의 벗, 도반으로서 자질과 품성에 부족함이 없다. 나무 다동보살 마하살!

이처럼 내가 다동이를 온전하고 고귀한 생명체로 바라보니 팔정도 수행의 첫째 덕목인 정견正見 수행을 하고 있는 셈이다. 또 다동이와 함께 황룡사탑 넓이만큼의 목탑 터둘레를 따라 화두를 들거나 염불하며 걷는다. 한 시간 이상을 그렇게 걸어도 다동이는 묵묵하게 따라 걷는다. 실로 도반이 아닐 수 없다. 또 녀석의 표정과 건강을 살피며 기쁨을 주어야 하니 보시바라밀이 절로 된다.

더불어 살아가는 동반자이자 마음을 나누는 동행자로서 반려견을 생각하니 그 옛날 통일 신라 시대의 김교각 스님이 떠오른다. 지금도 중국에서 지장보살의 후신으로 추앙받고 있어서, 김지장 스님으로 불리기도 한다. 왕자 출신인 스님은 719년 안후이성 구화산에서 수행하고 대중을 교화했다. 지금도 김지장 스님의 썩지 않는 육신을 존상으로모시는 구화산 절의 벽화에는 스님과 개가 빠짐없이 함께하고 있다. 바닷길로 유학을 갈 때 신라의 개를 데리고 간것이다. 개의 이름은 선청善聽이라고 한다. 오늘날에도 경북 경산에서는 이 선청을 삽살개라고 하고, 경주에서는 경주개인 동경이라고 주장한다. 이러니 개도 줄을 잘 서야 후

세까지 유명세를 탄다.

본디 절에서는 개를 키우지 말라고 했다. 그러나 이런 규칙도 시대에 따라 달라지고 있다. 오늘날 태국이나 미얀마 등 남방 지역의 절에는 개가 많다. 절이 일종의 유기견 보호소 역할도 하고 있다. 한국에서는 문화재 지킴이로 개들이 함께하고 있다.

전생의 어떤 지중한 인연으로 나와 인연을 맺은 다동! 내가 스스로 정한 몇 가지 다짐이 있다. 다동이를 생각과 감정이 온전한 생명체로 바라보고, 다동이의 마음으로 다동이를 바라보고, 다동이의 건강과 기쁨을 위해 함께한다. 그리고 다동이가 나이를 먹어 병들고 기운이 없을 때 정성으로 보살펴야 한다. 반려동물이 어리고 귀엽고 건강할 때만 사랑하고, 나이 먹고 시들해지면 귀찮아하는 사람들을 보면서 굳게 다짐을 했다. 마지막으로 무엇보다도, 다동이를 사랑하지만 다동이에게 집착하지 않는다. 모든 존재는 항상恒常하지 않고 변한다는 무상無常의 법칙. 언젠가는 다동이와도 금생에서 이별을 겪어야 할 것이다. 인간의 생로병사를 자연스레 받아들일 때 고뇌와 슬픔에서 벗어날 수 있듯이, 다동이와도 그럴 것이다. 그러니 사랑하되 집착하

걸음걸음에 무심과 평온을

지 않아야 한다. 하여 집착 없는 사랑이어야 한다.

가을 볕이 좋으니 산책하자고 다동이가 문을 두드린다. 그래, 자식 이기는 부모 없다는데 내가 너를 어찌해보랴. 햇볕 좋으니 너도 좋고 나도 좋다. 그래, 나가자.

공양을
받기가
부끄럽네

저녁 예불을 마치고 법당 문을 잠그려는데 한 부부가 손에 상자를 들고 급히 들어온다. 여느 참배객이려니 했다.

"다행히 부처님께 공양 올릴 수 있겠네요."

그분들은 과일 상자를 불단에 놓고 정성스레 절을 올렸다. 절이 끝난 후 어디서 오신 분들이냐고 물었다. 알고 보니 실상사 앞 농장에서 일하시는 우리 동네 분들이다.

"올해 첫 수확한 포도를 공양으로 올렸습니다."

"아, 그래요. 수고 많으셨습니다. 내일 사시 기도 때 축원하고 점심 때 절의 대중들과 함께 공양하겠습니다. 고맙습니다."

걸음걸음에 무심과 평온을

내 덕담을 들은 부부는 매우 흡족한 얼굴이다. 다음 날 알아보니 그분들은 토마토, 포도 등 해마다 첫 수확한 과일을 부처님께 공양하고 있었다. 이래저래 참 기분이 좋았다.

경전에는 주고받는 모두에게 의미 있고 감동을 주는 공양이 최고의 공양이라고 했는데, 이런 공양이 바로 그런 공양이다. 무엇보다도 도시에 사는 불자들이 돈을 주고 가게에서 사온 공양물이 아니라, 우리 동네 사람이 몸소 땀 흘려 지은 생산물을 공양받으니 더없이 값지고 소중하다. 그분들을 향해 고마운 마음을 전하는 나의 합장이 어느 때보다 경건하다.

그날 포도 두 상자를 받고 새삼 공양에 대해 생각했다. 공양이란 그저 물건을 주고받는 행위가 아니다. 공양은 '그 어떤 사람'에게 건네는 '그 어떤 마음'이다. 그럼, 왜 주는가? 그 이유인즉 단순하다. 그저 뭐라도 주고 싶은 마음이 들기 때문이다. 왜 주고 싶으냐고 굳이 묻지 말라. '그냥'이다. 그냥 주고 싶기 때문이다. 그런데 그냥 주고 싶다는 그 속마음을 헤아려보면 그저 그런 '그냥'이 아니다. 그가 좋기 때문이다. 그에게 뭐라도 주면 내 마음이 좋은, 그냥 그런 그냥이다. 마치 어느 중학생 아들이 어느 겨울날 집 앞 가게에서 아버지가 유난히 좋아하는 호떡을 사온 것처럼.

아버지가 묻는다. "어인 호떡?" 아들이 말한다. "그냥."

그동안 내가 받은 이런저런 공양이 생각난다. 신심 깊은 불자들에게 옷, 빵, 과일, 차, 음반, 책 등을 받았다. 그리고 더러 얼마간의 돈도 받았다. 올 초에 어느 분은 '다동이 간식값'이라고 적은 봉투를 내게 건넸다. 5만 원 지폐 한 장이 들어 있었다. 아마도 10만 원 정도는 공양해야 하는데 약소하다고 생각했던 모양이다. 그 마음이 보여 빙그레 웃으며 말했다.

"아, 요즘은 내가 다동이에게 늘 밀리고 삽니다. 하하."

이렇게 정성스런 공양을 받을 때마다 고맙기도 하지만 미안한 마음이 든다. 부끄럽고 경건한 마음도 든다. 과연 내가, 이웃들이 땀 흘려 번 돈으로 사온 공양을 받을 자격이 있는가? 내가 지금 밥값을 하고 있는가?

저자에서 직접 인연이 없는 분들의 공양을 받을 때도 더러 있다. 음식점에서 밥을 먹고 밥값을 내려고 하면 이미 누가 계산을 하고 갔다. 유독 다른 스님들에 비해 이런 경우가 좀 많은 편이다. 음식이 나오기 전 책을 읽으며 빈 시간을 메꾸는데 이럴 때 누가 음식 값을 내는 것 같다. 간혹 대중교통 안에서도 이름 모를 분들이 "이것밖에 드릴 게 없

　걸음걸음에 무심과 평온을

네요" 하며, 생수나 음료수를 건넨다. 그럴 때는 옹달샘에 고요히 퍼지는 물결 같은 미소가 내 마음에 번진다.

석가모니 부처님에게는 열 개의 명호가 있는데 그중 우리에게 익숙한 것은 부처, 여래, 세존이다. 그 외에 '응공 應供'이라는 별칭이 있다. 마땅히 대접받을 만한 분이라는 뜻이다. 진리를 체득하고 중생의 미망을 깨우는 법을 설하신 부처님의 법과 언행에 감화받은 당시 사람들이 번뇌를 소멸하고 마음의 평온을 얻었기 때문에, 존경과 신뢰의 의미로 응공이라 부르며 음식과 의복 등을 공양했던 것이다. 부처의 제자들 또한 그러한 대접을 받았다. 반면 제자들이 서로 싸우고 화합하는 모습을 보이지 못했던 코삼비 마을에서는 신자들이 부처의 제자들에게 공양을 올리지 않았다. "당신들은 대접받을 자격이 없어." 이런 선고를 신자들이 내린 것이다.

세월이 흘렀다. 이제는 공양의 풍속도 많이 변하고 있지만 여전히 소박하고 정성스런 공양이 주류를 이룬다. 어느 불자님은 염불과 법문을 많이 하는 스님들을 염려하여 유기농 도라지를 홍삼과 함께 절여서 가져온다. 맛있다고 전국적으로 소문난 과일, 건강음료 등의 공양물이 택배로

온다. 귀농한 사람들이 곱게 물들인 수건과 목도리도 인기 공양물이다. 때로는 과분하게 넘친다. 이런 공양물을 받을 때마다 나는 내게 묻는다. 내가 뭐라고, 단지 수행자라는 이유만으로 이런 공양을 받아도 되는가. "내게 이 공양이 어떻게 왔는가. 내 덕행으로는 받기 부끄럽네. 깨달음을 이루고 몸을 치료하는 약으로 알고, 이 공양을 받습니다"라는 공양게를 떠올리지만, 늘 고맙고 미안하고 부끄러운 마음이 앞선다. 과연 내가 밥값 하고 있는가?

그렇지만 이웃들이 공양을 가져오면 그 자리에서 기쁘고 감사한 마음을 표현한다. 그 또한 그분들에게 건네는 공양이라고 생각하기 때문이다. 때때로 분에 넘치는 고가품의 공양이 오는 경우에는 일단 잘 받는다. 그리고 어느 때를 기다려 조용히 말한다. 단순 소박하게 살아가는 수행자의 모습을 지켜주는 공양물이 필요하다고 설명한 뒤 덧붙인다. 어려운 이웃들을 돕는 일 또한 불보살님께 공양하는 것이라고 말이다. "중생에게 공양하는 일이 곧 부처님께 공양하는 일이다"라는《화엄경》의 말씀을 함께 인용한다.

얼마 전 백일기도 입재 때는, 그 자리에 참석한 불자들에게 색다른 공양을 권했다.

"지금 미얀마 사람들은 이루 말할 수 없는 고통을 받고

걸음걸음에 무심과 평온을

있습니다. 지금 우리가 당장 할 수 있는 일은 현재 한국에 머물면서 조국의 민주화와 인권을 위하여 활동하고 있는 미얀마 청년들을 돕는 일입니다. 실상사도 그 청년들을 위하여 모금을 하고 있습니다. 나도 얼마간의 성금을 보냈습니다. 몸이 아픈 사람들에게는 약이 곧 공양이고, 돈이 필요한 사람들에게는 돈이 곧 공양입니다."

공양의 의미를 설명하자 정성이 깃든 돈이 십시일반으로 모였다. 이렇게 지극한 마음을 전하면 돈이든 밥이든 모든 것이 '법(진리)'이 되고 공양이 된다.

그날 우리 동네 사람이 직접 농사지은 포도 공양을 받고 또 한 가지 생각했다. 나는 세상의 이웃들에게 어떤 공양을 해야 하나? 나도 때로는 밥을 사주어야 하나? 뭐 염주나 책 같은 것을 주어야 하나? 생각해보니 굳이 돈을 필요로 하지 않는 공양도 있을 것 같다. 받는 사람의 마음을 기쁘게 하는 것이면 뭐든 공양물이 된다. 그러니 그분들의 마음을 잘 헤아리는 일이 중요하다. 내가 언제든 쉽게 할 수 있는 공양은 동네 사람들을 만나면 반갑게 나누는 인사 공양이다. 환하게 웃으며 인사하고, 때로는 일하는 밭에서 잠시 농사 얘기를 나눈다. 대화를 주고받으며 정이 오고가니

이 또한 공양이다.

안심입명安心立命이라는 말이 있다. 마음을 편안하게 해주고 건강한 생활을 할 수 있도록 도와주는 일을 뜻한다. 그런 거라면 뭐 거창하고 무거울 필요가 없겠다. 오는 손님 흔연하고 정성스레 맞아주면 될 것이다. 편안하게 잠잘 수 있도록 안내하고, 함께 밥 먹고 차 마시면 좋을 것이다. 때로는 함께 걸으며 대화하는 것이 최고의 공양이 되겠다. 살아가다 힘들면 언제든 찾아오시라고, 이곳이 생각나면 머뭇거리지 말고 오시라고, 진심으로 말을 건넨다. 벗들이 원하면 실상사 농장에서 함께 일하며 대화를 나눈다. 그러면 참 좋아한다. 맘 편히 웃을 수 있어 매우 행복하다고 말한다. '맘 편히 웃을 수 있다'라는 말에 마음이 간다. 세상살이 이리 힘들겠구나. 그러니 부디 맘 편히 웃을 수 있게 내가 도와주어야겠구나. 이게 공양이 아닌가 하는 생각이 확실해진다.

선가에서 흔히 하는 말이 있다. 도가 무엇인가? '밥이 오면 입을 벌리고 잠이 오면 눈을 감는다'고. 그러면 이 말을 변주해보자. 공양이 무엇인가? 하소연하고 싶은 사람이 오면 진심으로 귀를 열고, 외로운 사람이 오면 진심으로 손을 잡는 일이다. 기꺼이 마음만 내면 어려울 게 없는 공양이 처처에 있다.

누구나 한번쯤
무문관을

　　　　　　원한다

열지 않으면 문이 아니다
닫지 않으면 문이 아니다

가지 않으면 길이 아니다
멈추지 않으면 길이 아니다

말하지 않으면 말이 아니다
침묵하지 않으면 말이 아니다

보라 여기 피어 있는 한 송이 꽃

온몸 그대로 온전히 눈부시구나[*]

8월 한여름, 실상사 각 영역에서 일하고 공부하는 활동가들이 절을 떠나 절로 갔다. 인근 남원시 산동면에 자리한 귀정사에서 나흘 동안 쉼을 갖기 위해서다. 귀정사는 실상사가 중심인 인드라망생명공동체 수행도량이다. 이곳은 좋은 세상을 만들기 위해 노력하다가 몸과 마음이 지치고 힘든 사람들을 위해 만든 사회적 쉼터다. 듣자 하니 송경동 시인이 귀정사에서 탈진한 심신을 회복한 게 인연이 되어 만들었다고 한다.

나흘 동안 쉼을 마치고 돌아온 활동가 법우[**]들의 표정은 환했다. 익숙한 길을 떠나 새 길을 찾느라 겪어야 했던 마음속 갈등과 피로를 해소했기 때문이라 짐작한다.

활동가 안거의 주제는 '관觀'이다. 그저 고요히 자신과 자연을 살피라는 뜻이다. 따라서 나흘 동안의 일과는 매우 간단했다. 밥 먹는 일, 저녁 예불, 한 시간 정도 도량 가꾸기, 그리고 한 번의 차담이 하루 일과의 전부였다. 그 외 시

---

[*] 박노해 시인의 시를 모방하여 지은 졸시다.
[**] 법우는 공동체에 소속된 개인들을 일컫는 칭호다.

걸음걸음에 무심과 평온을

간은 책을 보든, 잠을 자든, 산책을 하든, 글을 쓰든, 아니면 아무것도 하지 않아도 된다. 규칙도 최소한이다. 가능한 말을 하지 않고 침묵과 고요에 잠기는 것, 가급적 혼자 지내는 것, 그리고 인터넷 사용을 금지하고 휴대전화는 꼭 필요한 경우가 아니면 사용하지 않기로 했다. 법우들은 이 일과를 매우 좋아했고, 겨울에는 공동체 전체 식구들에게 권하고 싶다고 했다.

우리의 일상은 어떠한가? 요약하자면 '사람들'과 뭘 '많이 한다'. 많이 말하고, 많이 일하고, 많이 먹고, 많이 어울려 다닌다. 많이 보고, 많이 듣고, 자신을 많이 드러낸다. 그리고 너무 많은 생각을 짓는다. 굳이 하지 않아도 되는 생각과 일들을 많이 한다. 분명 치우친 삶이다. 일방적이다. 한쪽으로 치우치면 균형을 잃고 조화를 잃는다. 삶의 중심이 무너진다. 그래서 붓다는 중도를, 공자는 중용을 말했으리라. 중심이 무너져 불안정한 삶을 다시 세우기 위한 해법은 그리 어렵지 않다. 일방에 치우치지 않으면 된다. 무엇에 집착하지 않으면 된다. 그래서 쉼이 필요하다. 쉼은 곧 멈춤이다. 멈추면 평소 보이지 않은 것들이 보인다. 중심을 세우는 중도적 삶은 이렇게 멈추고, 살피고, 잘 보는 것에서 시작한다.

말을 안 하니 마음의 소리를 듣거나 제가 지나온 수많은 과거를 떠올릴 수 있었습니다. 저 자신에 대해 잘 생각할 수 있었고, '빛은 내일이다'라는 믿음도 더 잘 와닿았던 것 같습니다.

올봄, 5박 6일 과정의 무문관 체험을 마친 실상사 작은학교 김민 학생의 소감이다. 고등학교 2학년 과정에 해당하는 작은학교 언니네 반 5학년 학생 11명과 교사 1명이 '침묵과 고요한 시간에 나를 본다'라는 주제로 무문관에 참여했다. 무문관을 연 사연은 이렇다. 작은학교는 공동체적 어울림을 중시하고 그와 연관된 학습을 많이 한다. 학생들은 자연스럽게 이웃을 배려하게 된다. 그런데 학생들과 공부하다 보니 이런 생각이 들었다. 인간은 서로 사랑하고 존중하며 어울려 살아야 하지만, 다른 한편으로는 '홀로도 잘 살아야 하는' 존재 아닌가? 누가 나의 손을 잡아주지 않더라도, 누구와 대화하지 않고 혼자 있는 시간에도, 누가 나를 인정해주지 않아도, 심리적 독립을 하고 자족할 수 있는 '힘'을 길러야 하지 않는가? 그렇게 단단하게 나를 세워야만 다른 사람들과 잘 어울려 살 수 있는 법이다.

날을 잡아 학생들과 모임을 가졌다.

"애들아, 내가 보기에 너희들은 어울려 사는 법은 잘 알고 있어요. 그렇지만 혼자도 잘 살 수 있는 '힘'을 길러야 하지 않겠니? 그런 길을 찾아보자."

그리고 스님들의 무문관 선원에 대해 설명했다. 무문관은 3개월 동안 한 방에서 묵언하고 출입하지 않는 선원이다. 나도 설악산 백담사 무문관을 한 철 지낸 적이 있다.

"그럼 우리는 어떻게 지내나요?"

취지를 공감한 학생들이 이런저런 궁금증을 쏟아냈다.

"말을 하지 않는다. 혼자 방을 쓰고 친구들과 어울리지 않으며 지낸다. 인터넷, 휴대전화, 음향기기 등 모든 기계를 사용하지 않는다. 쉽지?"

"스님 말씀에는 공감하는데요, 밥은 주나요?"

은근 장난기가 발동했다.

"아! 그 생각을 미처 하지 못했네. 묵언과 더불어 하루 한 끼만 먹고 수행할까?"

"아니오. 절대, 절대, 절대 안 됩니다."

학생들 입이 동시에 움직인다. 이구동성이다. 관세음보살….

이어서 학생들에게 말했다. 남는 시간은 책, 산책, 그림, 글쓰기, 명상, 뭐든 하라고. 그리고 모든 시간에 온전히 집중하라고 권했다. 그렇게 작은학교의 역사적인 첫 번째 무문관을 열었다.

수민 말하지 않으며 살았지만, 외롭고 고립된 느낌이 아니었습니다. 고요하지만 그 어느 때보다 더 따뜻하고 부드러운 것을 마음에 채우는 시간이었습니다.

나루 무문관을 체험하며 잠시였지만 흔들리는 꽃잎, 반짝이는 돌멩이, 실상사, 바람, 빗물, 세상 모든 것이 하나하나 아름답고 사랑스럽게 느껴졌습니다.

장하든든 봄을 받아들인 벚나무와 자목련을 보고, 바람과 함께 우는 대숲을 걸으며, 어디를 보아도 지리산이 보이는 이곳 실상사에서 무문관을 체험하는 것이 참 행복하다는 생각을 했습니다.

이훤민 이 예쁜 봄날에 고요함을, 감사함을, 아름다움을, 그리고 나 자신을 온전히 느낄 수 있었어요.

순아 무문관을 체험하며 생각했습니다. '10대 때, 아니 어쩌면 평생 살면서 경험해보기 어려운 것을 내가 해보고 있네.' 동시에 무문관이라는 게 저 혼자서는 절대 할 수 없겠다는 생각이 들었습니다. 주변의 도움이 있어야 가능한 일이더라고요. 실상사 식구들 덕분에 새로운 경험을 얻어갑니다. 고맙습니다.

아, 성공했구나 하는 생각이 들어 내심 기뻤다. 혼자는 외롭고 함께는 괴로운 시대라고 하는데, 학생들은 혼자도 넉넉한 느낌으로 충만했던 것이다. 얘들아, 고맙구나.

멈추면 보인다고 했다. 자세히 보아야 아름답다고 했다. 자세히 보려면 적절한 시간이 필요하다. 자세히 보려면 번잡스러운 것들을 모두 닫고 고요해야 한다. '올라갈 때 못 본 그 꽃, 내려갈 때 보인다.' 침묵과 고요의 시간, 무문관은 그걸 체험했다.

사는 맛이 진실로 이런 거구나, 하는 생각도 든다. 쉽지 않을 수도 있는 무문관을 10대들이 기꺼이 받아들이고 아름다움과 소중함, 그리고 자기 자신을 온전히 느낄 수 있었다니. 참 고맙다. 주는 것을 잘 받아들이는 것도 보시라 하겠다.

침묵과 고요가 가득한 단순한 일상에서 살다 보니 학생들은 무엇보다도 밥맛이 좋았던 모양이다. 한결같이 음식 예찬이다. 모두가 이구동성으로 "공양간 가는 일이 제일 즐거웠어요" 한다. 평소 너무 많이 먹고 자주 먹는 식습관에서 벗어나 절제하니 밥맛이 다를 수밖에 없다. 현수는 '너무 배부르고 등 따신 생활을 해서 수행하러 왔다가 호강만 하고 가는 거 아닌가' 생각했다고 한다. 다른 사람을 향해 학생들이 고마움을 느낀 것이 가장 큰 보람이고 기쁨이다.

　　사람들은 말한다. 함께 어울려 살면 외롭지 않다고. 좋은 사람들과 어려움과 즐거움을 나누고 사랑하면서 살면 행복하다고. 맞는 말이다. 그런데 과연 액면 그대로 맞는 말인가, 하는 생각도 든다. 간혹 사람들이 이렇게도 말하지 않는가. 혼자 조용히 있고 싶다고. 이 또한 맞는 말이다. 어느 한쪽만을 선택해야 하는 게 아닐 것이다. 생명이, 운율이 그러할 것이다. 그래서 홀로 있는 시간도 필요하고 함께하는 시간도 필요하다. 사람에 따라 '홀로 또는 함께'의 비율이 다를 것이지만 대체로 적절하게 조화로워야 할 것이다. 누구나 다른 이와 말을 나누고도 싶을 것이고 홀로 조용히 침묵하고도 싶을 것이다. 또 책을 읽고 음악을 들으며 마음을 고요히 하고도 싶을 것이고, 운동과 노동으로 흠뻑 몸을 적시고도 싶을 것이다. 이런 어울림이 잘 이뤄지는 게 생명의 질서고 자연이겠다.

어울림이 중도다. 모든 생명이여, 홀로도 빛나고 함께도 빛나라.

밥 주지, 차 주지,
놀아주지,
걸어주지

20대 초반 시절, 계룡산 신원사에서 천일기도 정진을 하고 있었다. 어느 날 아침 일찍, 절 대표 전화가 울렸다.

"여보시유, 거기 사장님 좀 바꿔주시유."

투박한 충청도 억양을 가진 나이 든 남성의 목소리다.

"네, 전화 잘못 거셨습니다."

말하고 끊으려는데 남성이 급히 말한다.

"거, 신원사 절 아닌가요?"

"네, 맞습니다."

"맞구만요, 그러니께 신원사 사장님 좀 바꿔주시유."

관세음보살… 나는 그때 해인사 주지 스님도 해인사 사

걸음걸음에 무심과 평온을

장님으로 불릴 수 있다는 사실을 알았다.

주지는 절집 소임 중 하나다. 절의 대표자인 셈이다. 주지는 무슨 일을 할까? 수행과 포교에 전념하는 스님들을 이판승이라 한다. 행사와 재정 등 절 살림을 책임지는 소임자는 사판승이라고 한다. 이판사판이라는 말이 여기서 나왔다. 주지는 사판의 최고 책임자다. 그러나 규모가 작은 절은 법회와 템플스테이, 기도와 공사 감독까지 주지가 다 한다. 그야말로 이판사판인 셈이다.

그럼 어떻게 해야 주지 노릇을 잘 한다고 평가받을까? 이런 물음 앞에 어느 분이 간단하게 답을 내놓았다.

"그냥 뭐든 주면 주지 노릇 잘 하는 거다."

왜냐고? 주지니까 뭐든 주기만 하면 된단다. 밥 주지, 차 주지, 재워주지, 들어주지, 웃어주지, 심부름 해주지, 책 읽어주지… 그저 이렇게 주기만 하니 주지 하기 참 쉽다고 한다. 주기만 해서 주지가 된다면, 주지는 수행자의 전유물이 아니라고도 말한다. 누구나 뭐든 주기만 하면 되니, 머리카락 바람에 날리는 분도, 조계종 총무원장의 임명장 없이도, 마음만 먹으면 주지가 될 수 있겠다.

지금 나는 실상사 주지가 아니지만 늘 주지를 하고 있다. 다른 주지들과 달리 나만의 특별한 주지를 즐기고 있다.

다른 스님들이 '차 주지, 밥 주지, 재워주지'는 늘 잘하고 있으니, 나는 '걸어주지'에 시간과 마음을 기울인다. 특히 내가 살고 있는 실상사는 지리산 둘레길을 만든 곳이다. 따라서 이웃들이 절에 오면 함께 가볍게 산책하거나 혹은 서너 시간 걸리는 둘레길에 동행한다. 모두 좋아라 한다. 돈을 들이지 않고도 나눌 수 있는 보시를 무재칠시無財七施라고 하는데, 아름다운 길을 따라 길동무를 하면 무재팔시無財八施가 된다.

8월 3일과 4일 이틀 동안 청주에서 함께 꿈을 이루어가는 고등학생과 대학생 8명이 실상사를 방문했다. 모두 맑고 밝고 따뜻한 기운을 간직한 청년들이었다. 차담을 하면서 이런저런 이야기를 나누다가 그들에게 물었다. 이 절에 '원조 스님' 두 명이 있는데 누군지 아느냐고. 당연히 알리가 없다. 내가 말한다.

"여러분은 템플스테이를 하러 이곳에 왔지요. 그런데 이 절에 템플스테이라는 것을 처음 만든 스님이 계십니다."

모두 눈에 호기심이 가득하다. 내가 답한다.

"바로 법인 스님입니다."

그리고 법인 스님이 바로 '나'라고 말하니, 다들 환호

한다. 이어 2000년에 해남 대흥사에서 '새벽숲길'이라는 주말 산사 체험 프로그램을 시작한 이래 템플스테이가 한국 문화의 대표적인 브랜드로 자리 잡은 내력과 비사를 들려주었다. 실상사 큰 어른이신 도법 스님이 지리산 둘레길을 만든 사연도 들려주었다. 그러니 여러분은 매우 유명한 곳에 왔다고 주입시켰다. 내 자랑이 맞다. 나무 관세음보살….

산책은 템플스테이를 하러 온 모두가 좋아하는 일정이다. 첫째 날 저녁 공양을 마치고 청주에서 온 청년들과 절 옆 둑방길을 함께 걸었다. 뱀사골에서 흘러나오는 남천의 물소리를 들으며 시원한 바람을 맞았다. 삼삼오오 그저 가벼운 마음으로, 마음 가는 대로 걷는다. 다동이도 함께 걸었다. 물길 따라, 들길 따라, 숲길 따라 걸었다. 걸으면서 청년들이 내게 말을 건넨다. 방에서 차담을 할 때보다 훨씬 표정이 밝고 스스럼없다. 역시 나는 여러 주지 역할 중에서 '걸어주지'가 체질에 맞는 것 같다.

가둬둔 마음을 연다는 것, 눈을 맞추고 말을 건넨다는 것이 그리 쉬운 일은 아니다. 하물며 마음에 상처가 깊고 말 못 할 사연이 많은 사람의 경우 처음 본 사람과 어찌 쉽게 대화할 수 있겠는가? 그런 사람일수록 닫힌 공간에서는 자기 이야기를 편하게 하지 못한다. 그런데 함께 걷다 보면 자연스레 닫힌 마음의 문이 열리기도 한다.

해남의 어느 암자에 있을 때였다. 어느 날 교육청에서 일하는 한 지인이 내게 제안을 해왔다. 대략적인 내용은 이러했다. 고등학교 2학년 학생 3명과 두 시간 정도 차담을 해달라는 요청이다. 학생들의 어머니도 동행한다고 한다. 제안을 받고 응낙을 했다. 그런데 다음 날 곰곰이 생각해보니, 이게 아니다 싶었다. 그래서 학생들에 대해 상세하게 물었다. 듣고 보니 예상과 다르지 않았다. 교육청에서는 이른바 부적응 학생들을 위해 여러 가지 프로그램을 시행하고 있는데, 그 프로그램의 일환으로 나와의 차담도 포함시킨 것이다. 나는 지인을 불렀다. 그리고 다음과 같이 말했다.

"아무리 생각해도 차담을 하는 것은 의미가 없을 것 같습니다. 짐작건대 스님에게 좋은 말씀 듣고 학생들이 정신 차리기를 바라시는 것 같은데, 솔직히 이건 아니다 싶습니다. 어떻게 사람이 두 시간 만에 바뀔 수 있겠습니까? 사람이 '좋은 말'을 듣는다고 바로 '좋은 사람'이 될 수 있다고 생각하시나요?"

진지하게 경청하는 지인도 이내 수긍한다.

"듣고 보니 스님 말씀이 맞는 것 같습니다. 학생들은 절도, 차담도 낯설 거예요. 더구나 스님은 어렵고 무서울 수도 있는데, 차담이 고문일 수도 있겠네요."

그래서 제안했다. 점심 공양을 포함해서 나와 일곱 시간을 보낼 수 있게 해달라고 했다. 취지를 들은 교육청 관계자들도 흔연하게 내 제안을 받아들였다.

며칠 후 약속한 날에 어머니와 학생 들이 차를 타고 암자에 왔다. 예상했던 대로 모두 어색하고 긴장한 표정이 역력했다. 가볍게 인사를 나누고 마당 평상에서 음료수와 과일을 나눠 주었다. 그리고 사전에 약속한 대로 난이도가 낮은 산길을 걸었다. 학생들은 달갑지 않은 모양이다. "힘들지?"라는 물음에도 대답하지 않는다. 적당한 거리를 두고 걷는다. 아름다운 풍경이 보이면 얼굴이 제일 먼저 말을 하는 법이다. 한 시간 정도 걸으니 학생들의 표정도 다소 풀린다. 조금씩 내게 가벼운 질문을 한다. 나도 가볍게 답한다. 이어 산정에 올랐다. 진도와 완도 바다가 일망무제로 보인다. "아!" 하고 학생들이 감탄을 한다. 그리고 하염없이 풍경을 바라보다가 마음이 풀렸는지 몇 가지 이야기를 건넨다. "스님, 공부하는 게 너무 힘이 드는데 어떻게 해요?" "친구들과 함께 사는 기숙사 생활이 재미없어요." 늘 간직만 하고 꺼내지 못하던 속마음을 전한다. 이럴 때 나는 눈을 마주하고 듣기만 한다. 성급하고 섣부른 응답은 위험하다. 너의 길은 네가 찾으리라. 이렇게 너의 두 발로 땅을 딛고 길을 걸었듯이 사람의 길에서도 길을 찾으리라.

산길을 내려와 암자에서 밥을 함께 먹었다. 그리고 차를 나눈다. 이미 학생들은 말이 많아졌다. 이것저것 묻는다. 그래도 나는 말을 아낀다. 학생들이 찾아야 할 답이 내게는 없기 때문이다. 너희들끼리 편히 쉬라고 말하고 차담을 끝낸다. 학생들은 피곤한지 달게 낮잠을 잔다. 기분 좋게 깨고 나서 산을 내려간다.

"스님, 다음에 친구들과 와도 돼요?"

그 후 나는 많은 사람과 함께 길을 걸었다. 산길도 걷고 들길도 걷고 바닷길도 걸었다. 침묵하며 걸었고, 노래하며 걸었고, 제법 묵직한 주제를 가지고 묻고 답하며 걸었다. 누군가는 걸으면서 노래하고, 누군가는 쌓이고 맺힌 울분을 토했다. 모든 사람마다 다른 풍경이었다. 이 갖가지 풍경은 걸었기 때문에 가능했다.

생각해보니 '걸어주지'의 원조는 나의 스승 석가모니 선생님이다. 선생님은 탁발하면서 걸었다. 다른 곳으로 갈 때도 걸었다. 시자 아난다와도 많은 이야기를 나누며 함께 걸었다. 또 선생님은 마을길을 걸으면서 사람들을 보았다. 그 사람들의 소리를 들었다. 돌아오는 길에서는 사람들의 소리를 생각하며 걸었다. 나의 스승은 길 위의 명상가이고 길 위의 상담자였다. 부처님의 제자들도 걸으면서 수행했다. 밥을 얻어먹으려고 마을을 걸으면서 스승이 어제 하신 가르침을 사유하고 음미했다. 그러고 보니 나도 자연스레 스승의 길을 흉내 내고 있는 셈이다.

인간이 다른 종들과 달리 탁월한 지위를 얻게 된 것은 직립으로 걷기 시작하면서부터였다. '직립 인간'을 뜻하는 호모 에렉투스가 손을 사용하게 되면서 도구를 만들었고, 두 손으로 아이를 안아 기를 수 있게 되었다. 무엇보다도 직립한 인간은 고개를 빳빳이 쳐들게 되면서 성대구조가 바뀌었고 여러 발음이 가능해졌다. 발성의 변화는 다양한 언어 사용의 결과로 이어졌다. 언어는 곧 사유 기능의 확장을 가져왔고, 두 발로 걸으니 보이는 것들도 달라졌을 것이다. 자연스레 보이는 것들에 대한 사유가 발생했을 것이다. 걷고 뛰면서 사유와 감정과 언어가 기쁨과 사랑으로 표현되었을 것이다. 그러니 인간이 '직립으로 걷는다'는 것은, 단순히 신체적 변화에 한정한 일이 아님을 알 수가 있다.

오! 나무 호모 에렉투스….

　오늘도 나는 걷고 또 걸으리라. 걸으면서 생각하고 생각하면서 걸으리라. 《화엄경》에는 이런 구절이 있다. 염염보리심念念菩提心 처처안락국處處安樂國이라고, 매 순간 청정하고 깨어 있는 마음을 간직하면 바로 그 자리가 안락한 극락이라는 뜻이다. 그렇다면? 걷는 걸음걸음마다 성찰하면 바로 그곳이 참회도량이다. 걸음걸음에 무언가를 사유하고 의심하면 바로 그곳이 참선도량이다. 걸음걸음에 어제 읽은 글의 내용을 깊이 헤아리면 그곳이 바로 인문학 교실이다. 걸음걸음에 무심과 평온을 간직하면 그곳이 극락이다. 그런 그가 부처다.

　오늘도 내일도 보보자애심步步慈愛心, 걸음마다 자애로운 마음을 일으키면, 보보연화생步步蓮花生, 걸음마다 연꽃이 피어오르리니.

2부

마음이
모든 것을

만든다

노스님은
한마디 말없이
일만 하지만

　지리산에 오시면, 노고단과 백무동이 갈라지는 곳에 자리잡은 실상사에 오시면, 고요하고 단아한 풍경을 볼 수 있습니다. 나무들이 어우러진 숲의 풍경이 아닙니다. 화려한 꽃들이 형형색색 어우러진 꽃밭의 풍경이 아닙니다. 고색창연한 먹기와집 대웅전도 아닙니다. 고요하고 소박하고 단아하고 아름다운 풍경은, 단 한 사람의 모습입니다. 그분을 보신다면, '사람이 풍경이다'라는 말을 실감할 수 있을 것입니다. 그 아름다운 사람 풍경은 바로 팔순이 훨씬 넘으신 노스님이십니다.

　노스님은 얼굴이 매우 맑습니다. 이곳 실상사에 오신

　　　　　　　　　　마음이 모든 것을 만든다

지는 몇 해 되지 않습니다. 노스님을 오랫동안 모신 제자 스님의 말에 의하면 실상사에서 생을 마무리하고자 오셨답니다. 처음 오셨을 때는 매우 허약했다고 합니다. 그런데 지금은 무척 건강하십니다.

허리가 굽은 노스님은 한마디 말없이 언제나 일하고 계십니다. 경내에 있는 잡초를 매고 도량을 정리하고 텃밭을 가꾸는 일로 하루를 보내십니다. 도량을 정갈하게 가꾸는 일이 곧 수행입니다.

사실 산중 절에서 잡초는 아주 귀찮고 힘든 골칫거리 중 하나입니다. 한마디로 난공불락입니다. 뽑아내고 뽑아내도 금세 여기저기서 자라납니다. 특히 비가 온 뒤 무성하게 돋아납니다. 우후죽순이 아니라 '우후잡초'라 하겠습니다. 산중 절에 오시는 분들이 불만을 쏟아내는 경우가 더러 있습니다. 왜 절에 어울리지 않게 경내에 자갈이나 마사를 깔아놓아 소박하고 아름다운 풍경을 훼손하느냐고 타박합니다. 그러나 여기서 한 달만 살아보신다면 그런 말들이 쏙 들어갈 겁니다.

실상사 경내는 평지에 있어서 늘 잡초가 무성합니다. 이 잡초들을 온종일 노스님이 정리하고 있습니다. 새벽 예불이 끝나고부터 저녁까지 일하십니다. 제자 스님의 말에

의하면, 노스님께서는 부처님 도량은 삭도로 막 머리카락 깎은 스님들의 모습처럼 단정해야 한다고 말씀하신답니다. 그러니 노스님의 도량 정리는 '도량 삭발'에 해당합니다.

스님들은 무성하게 자란 머리카락을 무명초無明草라고 부릅니다. 삭발은 잘못된 생각, 헛된 생각의 무명을 소멸시키는 의미가 있습니다. 머리카락 삭발, 도량 잡초 삭발, 내면의 무명번뇌 소멸의 삼위일체 수행이겠습니다. 노스님이 묵묵히 일하시는 모습을 보면 대중들의 마음이 절로 숙연해집니다. 온갖 지식과 논리로 무장한 어느 달변가의 말보다 큰 울림을 줍니다. 무언설법이 아닐 수 없습니다.

노스님이 도량을 가꿀 때 쓰시는 도구는 세 가지입니다. 그 도구 중에 호미와 괭이는 짐작할 수 있을 것입니다. 그런데 다른 곳에서는 볼 수 없는 도구가 하나 있습니다. 다름 아닌 나무로 된 작은 의자입니다. 나무 의자가 왜 필요할까요? 노스님은 일하시다가 기력이 부치고 숨이 벅차면 작은 나무 의자에 앉아 쉽니다. 그 의자에 앉아 숨을 고르고 하늘을 보시는 모습은 선실에서 면벽좌선하는, 결이 날카롭게 선 어느 선승의 모습보다 아름답습니다. 생각에 힘을 뺀 삼매의 아름다움입니다. 일하시다가 나무 의자에 앉아 계신 노스님 모습을 보니 문득 손동연 시인의 시가 떠

마음이 모든 것을 만든다

오릅니다. 〈우리 선생 백결〉이라는 시입니다.

대처도 버리고 문하생도 다 끊고
이 땅의 무등빈자로 그대 홀로 나앉아서
남루의 흥겨운 길도 먼저 알고 행하느니
(…)
속도 벗고 도도 벗고 그저 무위인 채로
죄없이 서러운 거문고 한 채 뜯다 보면
가난도 빚 하나 없이 제 집 짓고 들앉으신.

빚 하나 없는 고요한 가난, 속스러움이나 진리에도 갇히지 않는 마음, 수행한다는 생각에서도 놓여난 일상, 분별심과 억지 몸짓을 내려놓은 무등빈자로 살아가고픈 마음을 노스님에게 배웁니다.

이곳 실상사에 온 뒤 저는 노스님의 일상을 보면서 '노스님 예행 연습'을 해야겠다고 생각했습니다. 출가한 지 46년이 흘렀습니다. 어느덧 이순耳順입니다. 출가 나이뿐 아니라 세속 나이 또한 적지 않습니다. 아무리 수명이 늘어나는 시대라고 해도 나이의 무게가 결코 가볍지 않습니다.

수행자로서 내면을 정화하고 성숙해지기 위한 '보는 훈련'도 중요하지만, 이웃들에게 '보여지는 모습' 또한 염두에 두고 살아야 하는 나이입니다. 어떻게 보여질까, 하는 새로운 화두가 세월 앞에 다가옵니다.

'득점보다는 실점'에 유념하라… 내 또래의 지인들과 늘 나누는 주제입니다. 젊은 시절의 실수는 이해되고 용납될 수 있지만, 인생 후반기의 실수는 그 인상이 강합니다. 때문에 뭘 잘하는 것도 중요하지만 실수하지 않는 행보가 중요할 것입니다. 득점하려고 힘쓰지 말고 실점하지 않으려고 노력하라, 이렇게 생각이 머물고 그리하려고 노력합니다. 실점하지 않는다는 것은, 이른바 '두 번째 화살'을 맞지 않는 일이라고 생각합니다. 두 번째 화살이란 무엇일까요? 판단 착오, 과열된 의욕, 섣부르고 서툰 방법, 인정받으려는 욕구, 이웃에 대해 함부로 해석하고 논박하고 교정시켜려 했던 언행들, 실천보다 말이 앞서가는 불일치입니다. 요약하자면 상식적인 선에서 '꼴불견'이 되지 말자고 다짐합니다. 실점하지 않거나 실점을 줄이면 최소한 이웃에게 해를 끼치거나 손가락질 받지 않는 모습이 될 것입니다.

'분석과 비판에서 하심下心과 공경'으로… 노스님 예행연습의 두 번째 표제입니다. 이 생에 몸을 받아 살아가면서

마음이 모든 것을 만든다

무지와 탐착도 위험하지만 회피와 게으름 또한 위험할 것입니다. 버트런드 러셀은 여든 살 생일에 자기 삶의 주요 가치를 세 가지로 술회합니다. 사랑에 대한 갈망과 지식의 탐구, 그리고 인류의 고통에 대한 참을 수 없는 연민입니다. 《러셀 자서전》에는 그가 평생 추구한 사랑과 지식, 연민이 담담하면서도 굳건하게 잘 나타나 있습니다.

> 개인적으로는 고귀한 것, 아름다운 것, 온화한 것을 좋아했고, 더욱더 세속화된 시대에 지혜를 줄 수 있는 통찰의 순간들을 두고자 했다.*

러셀의 고백에서 나는 청정한 연꽃이 뿌리박은 진흙을 버리지 않는, 뜨거운 연민과 반전·평화주의자로서의 행동하는 지성의 고뇌를 읽습니다. 분명 그럴 것입니다. 지고한 가치를 포기하고 관조적 여유와 안락에만 안주하려는 노년의 삶 또한 결코 바람직하지도, 아름답지도, 어른스럽지도 않을 것입니다.

이런 가치를 실현하기 위해 혈기 방장한 시절을 건너

---

* 버트런드 러셀, 송은경 옮김, 《러셀 자서전-하》, 사회평론, 2003.

왔으니 이제는 차원이 다른 태도로 전환해야겠다는 생각을 했습니다. 깨달음이란 바로 생각과 태도의 '전환'이겠습니다. 반성해보니 나는 습관적으로 분석하고 비판하는 습관이 신체에 박힌 듯합니다. 나의 이런 태도로 이웃들이 더러 힘들었을 것입니다. 수행자라는 이름과 행색 또한 어찌 보면 특별한 권위이고 권력이니 차마 말을 못 했을 것입니다. 세월을 먹다 보니, 많이 알고 똑똑한 거, 인생에 크게 도움이 되지 않습니다. 하여 이제부터는 '하심과 공경'으로 태도를 전환할 것을 다짐합니다.

성 안 내는 그 얼굴이 참다운 공양이요, 부드러운 말 한마디 미묘한 향이로다.

《법구경》의 한 구절이 가슴에 닿습니다. 우리는 내 능력과 노력으로 사는 것 같지만 조금만 다르게 생각해보면 이웃의 은혜와 도움으로 살아갑니다. 그러니 사람과 산천초목에 대한 은혜가 실로 크고도 깊습니다. 그 고마움을 헤아려보니 절로 겸손하지 않을 수 없습니다. 내게 이로움을 주는 고마운 존재에게 어찌 오만하고 함부로 대할 수 있겠습니까? 고마운 분들을 어찌 공경하지 않겠습니까? 지식과 지혜는 하심과 공경에 이르는 토대입니다. 하심과 공경을 삶의 주요 덕목으로 삼을 때, 나는 《노자》의 다음 말을 노년의 마음씀으로 삼습니다.

가장 곧은 것은 마치 굽은 듯하고,

가장 뛰어난 기교는 마치 서툰 듯하고,

가장 잘 하는 말은 마치 더듬는 듯하다.[*]

정녕 지혜로운 이는 하심과 공경의 마음으로 살고, 하심과 공경은 이같이 서툰 듯 자연스러운 태도로 나타날 것입니다. 이어 《노자》의 정승조靜勝躁, 고요함이 조급함을 이긴다는 가르침도 다시 새겨봅니다.

불볕더위가 기운을 내뿜고 있는 오늘도 실상사 노스님은 도량 삭발 수행을 하고 계십니다. 고요한 몸짓으로, 보는 이에게 무언으로 말하고 계십니다. 사람이 아름다운 풍경입니다. 거듭 하심과 공경으로 나를 가다듬습니다.

[*] 신영복, 앞의 책에서 재인용.

그대,
서 있는 곳에서

휘둘리지 마시라

문득 고개를 들어보니 하늘이 청명하다. 옷소매에 스미는 초록 바람의 기운은 제법 서늘하다. 아하! 어느덧 추고마비의 계절이네. 이런 날에는 면벽좌선도 억지스럽고 독서도 시들하다. 그러니 들길 따라 산길 따라 걷는 일이 최적의 멋이고 맛이 아닐 수 없다. 왼쪽으로는 나지막한 산을 끼고, 오른쪽으로는 논길을 끼고 걷는다. 좌보처左補處 청산 보살이요, 우보처右補處 전답 보살이 나를 살피고 있는 형국이다. 그렇다고 내가 부처라는 말씀은 아니다. 관세음보살.

내 처소에서 나와 길을 따라가다 보면 놀이터를 만나

마음이 모든 것을 만든다

게 된다. 실상사 근처 산내초등학교에 다니는 아이들이 방과 후 노는 곳이다. 놀이터의 기구는 쇠를 전혀 쓰지 않고 모두 나무로 만들었다. 지리산 자락에 귀촌한 부모들이 협동하여 만든 것인데 얼마 전에 만든 짚라인이 인기라고 들었다. 부모들이 공동의 자녀들을 위해 공방에서 배운 기술로 놀이기구를 만들 때는 가슴에 흐뭇한 기쁨이 솟았을 것이다.

놀이터 옆을 지나가다가 나이 드신 보살님 한 분을 만났다. 이곳 마을에서 평생 농사를 짓고 계시는 분이다. 보살님은 비탈에 있는 고사리 덤불을 낫으로 베고 있다.

"아니, 힘드신데 뭐 하시려고 고사리를 베고 계세요?"

고사리는 4월쯤에 파릇한 순을 수확한다. 이미 말라 시든 고사리는 쓸모가 없다.

"스님이구만요, 여기에 도토리가 많이 떨어져 있길래 주우려고 고사리를 베고 있지라요."

그렇지. 여기에는 거목이 된 도토리나무 한 그루가 겸손하게 서 있다. 씨알이 굵은 도토리가 많이 떨어진다. 그래서 산책할 때마다 알맹이를 주워 모았다. 나는 음식 만드는 솜씨가 없지만 도토리묵은 아주 잘 만든다. 대한민국의 주부들이 인정한 사실이다. 만약 믿음이 가지 않는다면 내게로 오시라. 맛을 증명해 보일 수도 있다. 하여튼 거친 덤불을 헤치고 계시는 보살님을 보고 이제 이곳에서는 도토리 줍기를 그만두어야겠다고 생각했다. 얼마 전에는, 도토리나무 옆에 있는 밤나무 두 그루 근처로 알밤을 주우러 온 초등학생이 실망하고 가는 모습을 보고 제 발이 저렸다. 그 학생이 오기 바로 전에 내가 알밤을 주웠기 때문이다. 주인 없는 나무고, 공짜고, 먼저 주운 사람이 임자라고 하지만, 산중에서는 내 몫을 포기하는 일도 자연의 질서다. 까치와 도 감을 두고 함께 나누는 것이 김남주 시인이 말한 "조선의 마음"이니 작은 즐거움도 잘 나누어야 한다.

고사리 덤불을 베고 있는 보살님을 보니 문득 어느 일화가 생각난다. 도법 스님에게 들은 이야기다. 도법 스님이 30대였던 젊은 시절, 금산사 심원암에 몇 명의 스님들이 참선 정진을 하고 있었다. 그중 한 명이었던 A스님은 마음 씀씀이가 넉넉하고 감성이 풍성하신 분이다. 산책을 매우 좋아하는 스님은 오솔길을 걷다가 낙엽이 무성하게 쌓인 작은 샘에서 물을 마시며 갈증을 달랬다. 그러고는 함께 사는 스님들에게 옹달샘 자랑을 했다. 물맛이 천하일품이란다. 그 물을 마신 후부터 뱃속이 편안해지고 눈이 맑아지고 기운이 솟아나고 밥맛이 훨씬 좋아졌다고 자랑한다.

마음이 모든 것을 만든다

마르지 않는 산기슭의 맑은 샘물

산중에 사는 벗들에게 널리 공양하노니

저마다 표주박 하나씩 가져와서

모두 다 둥근 달 가져가시게나

　아마도 그 스님은 완당 김정희의 아버지 김노경 선생의 시를 가져와 낙엽이 쌓인 옹달샘의 물맛을 찬탄하고 싶었을 것이다. 실제로 깊은 산중에서 마시는 물은 달고 청량하니 말이다. 그런데 얼마 후 그 물맛에 일대 반전이 일어났다. 사연인즉 이렇다. 심원암에 함께 사는 B스님은 깔끔하고 부지런하다. 잠시도 몸을 가만히 두지 못한다. 어느 날 B스님은 A스님이 늘상 그토록 찬양하던 옹달샘을 청소했다. 그런데 이걸 어쩌나! 옹달샘 주변의 가시덤불을 걷어내고 바닥이 드러나도록 몇 년 동안 쌓인 낙엽을 치웠는데, 아뿔싸! 개구리와 뱀과 지렁이와 여러 종류의 곤충과 짐승들의 사체가 가득한 게 아닌가. 대청소를 마치고 돌아온 스님은 대중 스님들에게 그 사실을 실감나게 풀어놓았다. 실상을 들은 스님들은 그저 허허실실 웃을 수밖에. 그런데 문제는 평소 옹달샘 물맛을 입에 침이 마르도록 찬탄하던 A스님에게 일어났다. 다음 날부터 소화가 안 되고 몸에 기운이 없고 여기저기 아프기 시작한 것이다. 얼마 후에 A스님은 암자를 떠났다. 알고 보니 이곳이 명당 터가 아니라는 한 말씀을 남기고 말이다. 암자 옹달샘 실화를 들은 독자들은 이렇게 말할 것이다.

"어? 원효 대사 해골 물 사건과 다르지 않네."

원효와 의상의 해골 물에 얽힌 이야기는 알고 계시리라. 지치고 힘들고 목이 마르던 한밤중에 마신 물이 감로의 맛이었는데, 다음 날 밝은 볕에 그 물이 해골에 고인 물임을 알고 토한 원효 스님. 그 순간 원효는 온몸이 떨렸다. 심생즉종종법생心生卽種種法生 심멸즉종종법멸心滅卽種種法滅. '한 생각이 일어나면 온갖 희비가 탄생하고, 한 생각이 달라지면 온갖 희비가 사라진다'는 삶을 통째로 바꾼 깨달음이 온 것이다. '너' 때문에 나의 괴로움이 발생하는 것이 아니라, 너를 보는 '내 생각'에서 괴로움은 발생하는 것이로구나, 하는 실상을 깨달은 것이다. 이를 《화엄경》에서는 일체유심조라고 한다. 마음이 모든 것을 만든다는 것, 모든 희비와 시비는 마음의 반영이고 투사라는 말씀이다.

올여름 실상사에서도 '일체유심조' 사건이 있었다. 4박 5일 일정으로 불교 공부를 하는 '배움의 숲'이 열렸는데 프로그램에 참가한 한 분이 마지막 날 이런 고백을 했다. 공부를 마치고 자리에 누워 잠을 자려고 하는데, 마당의 외등 불빛이 신경 쓰여 편안하게 잘 수가 없었단다. 좀 예민하신 모양이다. 그런 그분이 사흘째인가, 화장실을 가려고 자리에서 일어나 밖으로 나갔다. 무서움을 좀 타는 분인데 외등의 불빛이 환하게 비추고 있어 안심이 되더란다. 그렇게 외등이 고마울 수 없더란다. 다음 날 그분은 생각했다. 이 무슨 마음의 조화인가. 외등은 거기 그 자리에서 그 밝기로 서 있을 뿐인데, 외등이 원망스럽기도 하고 고맙기도 하다. 깊이 생각해보니 원망과 고마움은 내 마음의 조작이었음을 안 것이다. 작지만 소중한 깨달음이라 하겠다.

우리가 일상에서 경험하는, 사소하고 구체적인 기쁨과 괴로움, 오해와 시비, 원망과 감사는 대부분 내 마음의 일방적 조작으로 발생한다. 몸이 몹시 피곤하고 지치면 같은 말도 민감하게 받아들이고 예민하게 반응한다. 기분이 좋을 때는 상대의 말에 너그럽게 반응한다. 이렇게 우리네 삶은 사사건건이 일체유심조가 아닐 수 없다. 원효의 해골 물이, 암자 스님의 옹달샘 물맛이, 불교 공부하러 온 어느 분의 외등이, 지금 여기 우리의 삶과 다르지 않다.

우리는 우리를 고통스럽게 하는 사회의 여러 조건을

바꾸려고 노력하면서 동시에 시시각각 일상의 사사건건에 대해 편견 없고, 무심하고, 담담하고, 침착하게 바라볼 줄 알아야 한다. 이는 누구나 할 수 있는 수행 아니겠는가. 내 삶의 행복은 동시 수행으로 성취된다. 세상을 바꾸는 노력과 내 마음을 바꾸는 동시 노력이 바로 수행이고 깨달음의 실천이다.

임제 선사는 "수처작주隨處作主 입처개진立處皆眞"이라고 말했다. 그대, 서 있는 곳에서 휘둘리지 마시라. 그리하면 그대 삶이 온전히 진짜라네.

마음이 모든 것을 만든다

가성비
좋은
삶의 기쁨

종종 들리는 말 중에 '가성비가 좋다'라는 표현이 있다. 지불한 가격에 비해 만족도가 높다는 뜻이다. '가성비'는 단순히 어떤 제품이나 의류 같은 것에만 국한되어 사용하는 것은 아닌 듯하다. 최근 사람들은 음식을 먹어도 맛있다는 말 대신 가성비가 좋다고들 말한다. 사전적 정의를 넘어 사용자의 의도대로 사용되는 언어의 특성상 어쩌면 혹자는 "실상사 약사여래께 기도하면 가성비가 좋다"라고 말할지도 모르겠다. 삼천배를 아니 하고 백팔배만 했는데도 소원이 성취되었다는 식으로 말이다.

숲길을 걷다가 문득 내가 가성비가 좋다고 느꼈던 경

우를 생각해봤다. 들인 공력에 비해 만족도가 높은 것들은 무엇일까? 가장 먼저 생각난 것은 산책이다. 홀로 숲길을 걸으며 맑은 공기를 들이마시고 내쉰다. 어제 읽은 경전의 말씀을 사유하고 새긴다. 투명하고 명징한 하늘을 바라본다. 길가의 나무와 작은 풀꽃들이 새삼 아름답다. 이 모든 아름다움을 온몸으로 호흡한다. 돈 한 푼 들이지 않고 삶의 기쁨을 얻으니 가성비 중에 최고라고 할 수 있다.

그러고 보니 최고의 가성비는 돈을 지불하지 않고 얻는 것들에게 있다고 하겠다. 밤하늘의 빛나는 별들을 보는 즐거움, 맑은 바람에 온몸을 맡기는 즐거움, 좋은 벗들과 대화하는 즐거움, 밭에서 작물을 심고 거두는 즐거움은 모두 마음과 몸만 부지런하면 돈 들이지 않고 얻는 즐거움이다. 요즘은 틈틈 땔감을 마련하기 위해 도끼질하는 재미가 좋다. 이 역시 돈이 들지 않는다.

이런 것들의 의미를 새기며 깨닫는다. 우리 삶의 기적과 신비는 멀리 있지 않음을. 물 위를 걷는 일이 기적이 아니라, 두 발로 땅을 걷고 있는 지금이 기적이다. 하늘을 나는 마법사가 되는 일이 기적이 아니라 창공을 날아가는 새와 떨어지는 나뭇잎을 바라볼 줄 아는 능력이 기적이다. 일하고 밥 먹고 공부하는 매 순간이 신비고 기적 아님이 없다.

　　　　　　　마음이 모든 것을 만든다

이렇듯 인생의 기적과 신비는 지금 여기에 있다. 마조도일 선사의 "평상심이 도"라는 말씀은 이런 경우에 적용할 수 있겠다. 다만 무지와 탐욕과 자기 집착에 묶이고 갇힌 사람은 하늘을 보고도 보지 못하고 새소리를 들어도 듣지 못한다. 즉 진실한 마음, 간절한 마음에는 돈이 들지 않으니 우리 생 최고의 가성비는 마음가짐과 마음씀이다.

그다음으로 내게 가성비가 높은 것은 무엇일까? 곰곰이 헤아려보니 독서일 듯하다. 도서관에서 대출해서 보는 책은 돈이 들지 않는다. 하지만 좋은 책은 돈을 지불하고 읽는다. 필자의 공력에 대한 최소한의 보은이기 때문이다. 대개 책 한 권은 2만 원을 넘지 않는다. 커피 서너 잔 값이다. 그러나 책 한 장 한 장을 넘기면서 얻는 기쁨은, 기쁨이라기보다는 '은혜'와 '축복'에 가깝다. 책을 읽어가면서 큰 울림을 받으면 문득 이런 생각이 든다. '책값이 너무 싸다.'

최근에 가성비가 좋은 책들을 몇 권 읽었다. 무겁고 진지한 책에서 잠시 벗어나고자 동화책을 찾았다. 1,278쪽 분량의 《안데르센 동화집》은 35,000원이다. '어른을 위한 동화'도 두 권 구입했는데 안도현의 《관계》는 6,500원이고, 민병일의 《바오밥나무와 방랑자》는 15,000원이다. 이 책 모두 가성비가 아주 좋았다. 만족도가 높아서 작가에게 고맙기도 했지만 미안하기도 했다. 내 옆에 작가가 있다면 따로 돈 봉투를 건네고 싶었다.

안도현 작가의 《관계》를 읽고는 12쪽 분량의 동화에서 유정 무정 뭇 생명의 어울림을 어떻게 그려내고 이야기할 수 있는지, 작가의 시선과 상상력에 그저 놀랄 수밖에 없었다. 단순히 고운 마음, 착한 마음으로 글을 쓴 게 아니라, 세상의 존재들에 대한 깊은 통찰과 애정으로 글을 엮고, 《화엄경》에서 말하는 '중중무진重重無盡 연기'를 일상의 언어와 감성으로 그려낸 듯했다. 작가의 다른 작품들 또한 마치 대승경전을 읽는 듯했는데 부처가 말해서 진리가 아니라, 진리이기 때문에 부처가 세상에 말을 건넸다는 느낌을 받았다. 안도현 작가의 작품은 《21세기 동화경》인 것이다.

민병일 작가의 《바오밥나무와 방랑자》는 생텍쥐페리의 《어린 왕자》를 떠오르게 한다. 동시에 《화엄경》의 선재동자가 스승을 찾아가는 구도행이 느껴지기도 한다.

책을 읽어가자 마음이 맑아지고 따뜻해지고 깊어진다. 책장의 지면에서 푸른 바람 소리를 듣는다. 문장의 사이에서 옹달샘의 다디단 물맛이 솟는다. 순간적으로 단어와 단어 사이에서 진리를 건져낸다. 모차르트가 음악은 음표와 음표 사이에 있다고 한 말을 조금은 알 것 같다.

　　　　　　　　　마음이 모든 것을 만든다

풀과 별과 바람과 하늘과 함께 산책하는 일, 그리고 책을 읽는 일, 고요히 사유하는 일, 밭에서 식물들을 가꾸는 일, 이 모두는 남에게 '보여주기' 위한 행위가 아니다. 오직 '나를 보기' 위한 일이다. 나를 보는 사람은 세상의 대가를 생각하지 않는다. 오직 나를 비우고 새로이 나를 보는 기쁨에 기뻐한다.

나를 보는 일은 곧 눈뜨는 일이다. 나를 보는 일은 축복 중에 최고의 축복이다. 눈을 뜨는 축복, 눈이 환해지는 축복, 눈이 깊어지는 축복, 눈이 넓어지는 축복, 그렇게 눈이 열리면 세상과 함께할 수 있는 길이 열린다.

값을 매길 수 없는 것들에게 마음 전념하여 얻는 삶의 기쁨, 돈을 적게 들이고 얻는 삶의 기쁨, 참 가성비가 높다. 늘 곁에서 반짝이는 내 인생의 보석들이다.

나잇값
하며 살자,

밥값 하며 살자

이순, 두 귀가 순해져야 하는 시간

2021년 새해 신축년, 1월 초순에 볼일이 있어 이른 아침 종무소에 들렀다. 일하시는 재가자 법우님들과 차를 마시면서 가벼운 정담을 나누었다. 새해니만큼 한 살 더한 나이를 말하게 된다.

"어, 그러고 보니 나도 어느덧 이순을 맞았네."

"아니, 스님 그리 안 보이는데 진짜 이순이세요?"

이 순간, 짐짓 하는 덕담에 은근 기분 좋은 표정을 지어야 하나. 그저 다만 들을 뿐이다. 같이 자리한 법우가 자기는 지천명이라고 들이댄다. 그러자 좌중의 막내가 끼어든다.

"어머, 나도 이제 불혹이네요."

다들 크게 웃었다. 의도하지 않게 덕담의 자리가 세대 간 담합하는 자리가 되었다.

이순이라니, 적지 않은 세월을 건너왔다. 이제는 두 귀가 순해져야 하는 시간이다. 그렇다. 살아오면서 나는 숱한 허물을 만들고 시행착오를 겪었다. 이제는 부디 정신 바짝 차리고 죽는 순간까지 잘 살아야 한다. 그래서 그런가. 황지우 시인의 시 구절이 솔깃하고 마음을 찌른다.

눈보라여, 오류 없이 깨달음 없듯,
지나온 길을
뒤돌아보는 사람은
지금 후회하고 있는 사람이다.*

그렇다. 나는 지금 분명 후회하고 자책하고 있으나 지금의 후회가 좌절과 절망이 아님도 분명하다. 하여, 지금의 후회는 지금의 희망이다. 지나온 시간에 내가 저지른 일들

---

* 황지우, 〈눈보라〉, 《게 눈 속의 연꽃》, 문학과지성사, 1991.

은 첫 번째로 맞은 화살이다. 두 번째 화살을 맞지 않으려면, 오류를 마주하면서 작은 깨달음을 일으켜야 한다. 나이를 충분히 먹었으니 이제야 철들 때가 오는 모양이다.

해가 바뀌면 사람들은 덕담을 나눈다. 나이에 따라 건네는 덕담도 달라진다. 어린 학생들이 세배하면서 나에게 "오래 사세요"라고 인사한다. 어느덧 오래 살아야 할 나이가 되었나 보다. 언론에서는 올해로 102세가 된 철학자 김형석 교수의 말씀을 전한다. 오랜 연륜 속에서 삶의 지혜를 구하고자 하기 때문일 것이다. 인생의 진정한 전성기는 60세에서 75세라는 노학자의 말씀이 가슴에 와닿는다. 공감이 된다. 이런 말에 귀가 솔깃하는 것을 보면 나도 나이를 의식하고 있는 걸까?

죽음의 순간에 어떤 마음이 들까

이순에 들어서며 내가 좋아하는 사람들의 수명에 관심이 생겨서 검색을 해보았다. 지금 내 나이를 기준으로 분류해본다. 먼저, 지금의 나보다 적은 수명으로 생을 마감한 분들은 다음과 같다. 《월든》의 주인공 헨리 데이비드 소로(1817~1862)는 45년을 살았다. 《1984》와 《동물농장》의 작가 조지 오웰(1903~1950)은 47년, 《신곡》의 작가 단테

마음이 모든 것을 만든다

(1265~1321)는 56년을 살았다. 이 사람들의 생애를 생각하면서 지금의 나를 생각한다. '나는 뭘 이루었지?'라는 지극히 단순한 의문이 든다. 인생을 이룬 것과 이루지 못한 것으로 기준 삼아 평가할 수는 없지만, 참 쓸쓸한 기분이 든다. 생의 온갖 치욕을 딛고 살아온 《사기》의 저자 사마천은 60세에 생을 마감했다고 한다.

사마천과 같은 나이에 들어서니 내가 올해 죽는다면 죽음의 순간에 어떤 마음이 들까, 하는 생각이 든다. 〈님의 침묵〉을 쓴 만해(1879~1944)는 65년, 한국의 위대한 사상가 원효(617~686)는 69년, 세계적인 명필이자 금석학자인 추사(1786~1856)와 성리학의 집성자 주희(1130~1200)는 70년을 살았다. 이들을 떠올리면서 내가 살아갈 햇수가 10년 정도 남아 있을 수도 있다는 생각이 든다. 이렇게 헤아리자 조금 긴장되면서 기분이 묘하다. 조바심이 들지 않을 수 없다. 나의 스승 석가모니 부처님은 80세를 일기로 열반에 드셨다. 스승을 기준으로 삶이 대략 20년 정도 남았다고 헤아리니 다시 조금 안심이 된다. 이러고 보니 내 모습이 참 궁색하다.

명색이 늙음과 죽음의 끈에서 자유로워야 할 수행자인데, 마음 꼴이 말이 아니다. 그러나 어쩔 수 없다. 앞에서 말한 김형석 교수의 연세와 120세까지 살았다는 중국의 조주 선사까지 떠올리면 마음에 여유가 생긴다. 지난날의 오류를 되풀이하지 않고, 크게 후회하지 않는 삶을 경영할 수도 있겠다는 생각이 든다. 이 역시 속물적 중생심이다. 알 수 없구나, 사람의 마음이여!

'인생의 전성기는 60세에서 75세'라는 예언을 다시 떠올린다. 지난날의 견해와 행위의 오류를 인정하고, 다시는 두 번째 화살을 맞지 않고, 불필요한 것들을 걷어내고, 의미 있는 일들에 전념하면, 좌절도 부끄러움도 실패도 디딤돌이 되어 빛나는 결실을 맺을 수 있다는 뜻으로 해석한다.

그래서 나는 단언한다. 제1의 출가가 1977년 가출이라면 2021년 지금은 제2의 출가가 시작되는 해라고. 그리고 이 삶을 마감하는 그때가 제3의 출가라고. 나는 날마다, 매 순간 출가할 것이다. 출가란 낡은 생각과 습관을 바로 보고 거기서 벗어나려는 걸음걸음이기 때문이다.

내가 묻힐 곳을 정하다

나는 작년에 내가 죽을 자리를 미리 마련했다. 정확하게 말하자면 내가 묻힐 곳을 정했다. 석가모니 부처님 이래 불교 수행자들은 생을 마감하면 다비茶毘를 한다. 다비는

마음이 모든 것을 만든다

태운다는 뜻의 범어 '자피타'를 음역한 것으로 다비를 마치면 돌로 만든 무덤인 부도浮屠에 안치한다. 고찰 주변에 가면 부도를 많이 볼 수 있다. 지금은 세속의 풍습에 따라 스님들도 더러 수목장을 하기도 한다. 재작년에 젊은 나이로 생을 마감한 실상사의 한 스님도 절 주변의 소나무 아래 유골을 모셨다.

돌로 만든 부도와 수목장을 보다가 호기심과 장난기가 발동한 나는 내가 묻힐 곳은 좀 기특하게 정해보자, 하는 생각이 들었다. 그래서 한국불교사에서, 일반사회에서 한 번도 시도한 적 없는 새로운 무덤 찾기에 틈틈 골몰했다. 발상은 곧 발견으로 이어졌고 결국 매우 멋지고, 자연친화적이고, 돈이 그리 들지 않는 죽을 자리를 찾았다.

실상사는 매주 수요일 승속의 모든 대중이 모여 농장에서 공동 울력을 한다. 작년 가을이었던가. 매우 넓은 밭에서 고구마를 캐다가 문득 밭 가운데 놓인 듬직한 바위가 눈에 들어왔다. 순간 "아! 바로 여기다"라고 소리를 질렀다. 이 바위를 내 부도로 하면 좋겠구나 싶었다. 유골을 이 바위 아래 묻고 생몰연대와 출가연도만을 새긴 작은 표식을 둔다면 멋진 부도가 될 터.

이름도 정했다. 이른바 '고인돌 부도'라고. 실로 멋지고 기막힌 발상 아닌가. 이후 여러 스님에게 고인돌 부도에 대해 말하니 매우 좋은 생각이라고 동의한다. 함께 사는 사람들에게는 내가 여기에 묻히면 밭일을 하다가 새참에 시원한 막걸리 한 잔 건네 달라고 부탁했다. 가끔 이곳을 산책하면서 나의 고인돌 부도를 보면 마음이 그리 편할 수 없다.

꽤 멋진 부도를 마련하고 난 다음, 호흡이 멎는 마지막 순간까지 어떻게 살아야 하는지 생각했다. 답은 이렇게 정했다.

"나잇값 하고 살자. 밥값 하고 살자."

나이가 숫자만을 의미하지는 않겠다. 그동안 살아온 시간에서 우러나오는 견해와 처신을 뜻할 것이다. 치우침 없는 견해, 절제된 생각과 행위를 통해 균형 있고 조화롭게 사는 일이 나잇값 하는 것이다. 또 수려한 언설과 지식을 뽐내기보다는 일상의 삶으로 말해야 할 것이다. 여기저기에 쓸데없이 나서고 간섭하는 것도 멀리해야 한다. 무엇보다도 겸손하고 묵묵하게 살아야 한다. 덕스러워야 한다는 뜻이다. 내 견해와 방식을 대중에게 주입시키는 것이 바로 '가르치려는' 수작이다. 그러니 말하기보다 귀를 열고 따뜻한 마음으로 듣는 일, 지시하기보다는 먼저 묵묵하게 행하는 것이 바로 내 나이에 걸맞은 값 아니겠는가. 나서야 할

마음이 모든 것을 만든다

때와 나서지 않을 때를 잘 가려야 할 것이다. 이른바 품행이 방정하고 타의 모범이 되어야 나잇값 하는 것이리라.

밥값은 어떻게 해야 하는 것일까. 대중을 위해 유익한 일을 하는 것이다. 밥값은 세간 벗들에게 받은 최소한의 보답이다. 밥값은 부끄럽지 않을 최소한의 염치다.

스님들은 열반할 때 대중에게 한 생을 마감하는 소감을 남긴다. 이를 흔히 열반송이라 한다. 대개 열반송은 생사가 둘이 아님을, 흔적 없이 후련하게 생을 마감하는 기쁨을, 기꺼이 이승의 옷을 벗는 자유로움을 전하고 있다. 죽음에 대한 남다른 관점을 보여주는 것이다. 이 열반송 중에서 나는 청화 스님의 말씀이 가장 가슴에 남는다.

이 세상 저 세상

오고 감을 상관치 않으나

은혜 입은 것이 대천세계만큼 큰데

은혜를 갚는 것은 작은 시내 같음을 한스러워할 뿐이네

거창한 생사 초탈의 경지를 보여주는 여느 열반송과는 달리 시주의 은혜에 대한 진솔한 고백이 내 마음을 울린다. 이 게송을 대할 때마다 평화로운 죽음은, 멋진 죽음은, 후회하지 않는 죽음은, 늘 은혜를 생각하면서 참되게 사는 일임도 깨닫는다.

실상사에서 새로 만든 〈21세기 약사경〉에는 '삶도 빛나고 죽음도 빛나라'라는 말이 있다. 이 문장을 되새김하면서 빛나는 죽음이란 무엇일지 자문한다. 나날의 삶을 진실하고 의미 있고 성실하게 보내면 한 생도, 죽음의 순간도, 빛날 것이다. 죽음의 순간은 매일 매 순간의 삶과 별다르지 않기 때문이다. 이 생을 마감하는 마지막에 나는 어떤 심정일지 미리 짐작해본다. 아니, 이렇게 말하고 싶다.

산천초목과 이웃 사람들에게
분에 넘치게
많은 신세를 지고 살았습니다.
모든 분의 도움으로
한세상 그런대로 잘 살고 갑니다.
고맙습니다. 늘 안녕하시기를…

생각의
힘을

빼라

내가 사는 지리산 산내면은 귀촌 귀농의 발원지라 할
수 있다. 도시의 삶을 정리하고 새 길을 찾은 사람들이 대
거 깃들어 살고 있다. 그들이 대략 600여 명 정도 된다고 하
니 새로운 삶터가 하나의 문화로 자리 잡았다고 해도 넘치
는 말은 아닐 것이다. 절 근처의 산내초등학교에는 100여
명의 새싹이 공부하고 있다. 대부분 초등학교 입학 전에 부
모를 따라서 온 학생이거나 귀촌한 부모 덕분에 이곳에서
출생한 학생들이다. 이곳에서 태어나 자란 휜민이와 금강
이는 벌써 17세가 되었다. 전교생이 모두 10여 명 안팎인
면 소재지의 초등학교에 비하면 놀라운 일이다. 요즘도 산

내면에 오고자 하는 사람들의 발길이 끊어지지 않아 여기서 집 구하기는 하늘의 별 따기가 되었다. 좋은 일이고 반가운 일이 아닐 수 없다.

얼마 전에는 우리 공동체에서 살고자 하는 사람들을 위한 '공동체 산책' 프로그램을 마무리했다. '공동체 산책'은 이곳 활동가로 살기로 발원한 사람들이 100일 동안 실습하는 일종의 인턴과정이다. 책을 읽고, 강의를 듣고, 농장에서 일하고, 선배들과 대화하면서 평생 이곳에서 살아갈 힘을 시험하고 기른다. 나는 100일 동안 그들과 함께 공부하고 밭에서 일하며 많은 이야기를 나눴다. 대화를 나눴다고 말했지만 주로 내가 말했다. 그만큼 해주고 싶은 말이 많았다. 내 말을 지적이나 훈계로 받아들이지 않은 그분들이 고맙기 그지없다.

이들과 밭고랑을 만들고 씨앗을 심으면서 했던 이야기가 있다.

"농촌으로 오는 사람들은 자연과 친해져야 합니다. 그리고 친해져야 할 것이 하나가 더 있습니다."

"그게 뭐예요?"

한 인턴이 묻는다.

"바로 노동 친화적 인간이 되는 것입니다. 몸 쓰는 일이 정신에 스며들고, 몸으로 하는 일이 힘들지만 즐거워야 합니다."

이어 말한다. 오늘날 사람들은 몸 쓰는 즐거움의 맥락과 핵심을 잘 모르는 것 같다고. 이를테면, 돈을 지불한 헬스장에서 운동하는 일을 몸 쓰는 기쁨이라고 생각하는 것, 둘레길을 걷거나 텃밭 정도를 돌보는 정도가 몸을 쓰는 일이라고 여기는 것이다. 그런 것도 나름의 의미와 쓸모가 있겠지만, 진정한 몸 씀, 몸 살림은 그것을 넘어서야 한다고 말했다. 오랜 시간 노동함으로써 온몸이 땀으로 흠뻑 젖는 쾌감을 느껴야 한다는 말이다. 자연도 빛나고 노동도 빛나야 한다.

필수로 건네는 조언이 한 가지 더 있다. 바로 '생각의 힘을 빼라'는 것이다. 무슨 뜻인가? 귀촌 귀농한 분 중에는, 청년이건 성인이건 간혹 특정 '이념'의 틀에 갇혀 사시는 분들이 보인다. 가령 이렇다. 민주적 시민성을 강조한다. 생태적 삶을 지향하며 다양한 지식과 이론을 말한다. 성인지 감수성을 논하고 전파한다. 수직적 관계에서 수평적 평등을 주장한다. 모두 옳은 말씀이다. 그런데 그런 이념과 신념을 가지고 농촌에 깃들어 사는 사람들이 간혹 마을 사람들과 관계가 그리 좋지 않은 경우가 있다. 어떤 귀촌 귀농인은 이웃과 담을 쌓고 살기도 한다. 그들은 시골 사람들이 의식도 낙후되어 있고, 그리 친환경적으로 살고 있지도 않다며 마을 사람들을 폄하한다. 그러면서 사사건건 지적하고 싸운다. 그러는 게 정의이고 공정이라고 말한다.

옆에서 보고 있으면 참 딱하다. 존중하면서 함께 살고자 하지 않고 시골 사람들이 온통 문제점투성이고 계몽과 교화의 대상으로 보이는 모양이다. 이런 분들의 이력을 보면 대개 도시에 사는 동안 과도하게 학습하거나 운동해 이념이 몸에 박힌 분들로 보인다. 사명감에 충실해서인지 정의와 평등, 공정과 자유에 대한 생각이 지나치고 힘이 들어가 있다. 그러니 사이가 잘 풀릴 수가 없다. 이념의 과잉은 태도의 경직으로 이어진다. 그래서 주제넘지만 귀촌한 인턴들에게는 생각의 힘을 빼라고 말을 보태곤 한다. 보다 겸손한 자세, 진정한 존중, 늘 사이좋게 함께 살고자 하는 마음을 토대로 삼으라고 조언을 건넨다.

이념의 과잉과 태도의 경직은 우리 사회 곳곳에서 발견된다. 설령 좋은 의도라 할지라도 경직과 과잉만으로는 어떤 사태를 해결하지 못한다. 좋은 세상을 가꾸고자 하는 사람들이 진지하게 생각해볼 법한 화두가 아닐 수 없다.

　　　　　　　마음이 모든 것을 만든다

변하지
않는 것은
없다

세상에 변하지 않는 것이 있다면, 그것은 '모든 것은 변한다는 사실'일 것이다. 《반야심경》에도 "눈도 없고 색도 없다"라는 구절이 있다. 시각작용과 시각대상, 그로 인한 인식작용이 고정불변의 모습으로 존재하지 않는다는 뜻이다. 가령 유년에 보았던 작은 풀꽃과 노년에 보는 작은 풀꽃이 다르게 보이듯 말이다.

살아가면서 이 구절을 오롯이 느낀다. 마음의 눈을 열고 보니 사람들이 그저 던지는 평범한 말 한마디도 깨달음의 법문으로 들릴 때가 있다. 동일한 대상이라도 삶의 경험과 사유가 변하면 전과 다르게 보이고 다르게 들린다. 세상의 모든 현상은 인식의 영역에서 늘 새로이 해석되고 구성된다. 마음의 변화에 따라 대상이 다르게 보이기도 하지만, 대상과 풍속의 변화에 따라 인식도 달라진다.

최근 절집의 모습과 풍속도 많이 달라졌다. 그래서 절집의 풍경과 스님들을 보는 인식도 달라지고 있다. 예전과 무엇이 달라졌는지를 살펴보자. 눈썰미가 있는 사람이라면 스님들의 신발이 바뀌었음을 알 수 있을 것이다. 코로나19가 급속도로 번지던 초기에, 어느 누가 산사의 댓돌에 놓인 흰 고무신 사진을 인터넷으로 전했다. 그러고는 스님들이 전염병에 걸리지 않는 이유는 '백신을 사용하기 때문이다'라고 우스갯소리를 했다. 그런데 따지고 보면 이 말은 사실 틀린 말이다. 더 이상 산사에서는 흰 고무신을 신지 않는다. 보는 이에게는 흰 고무신이 소박하고 정겹겠지만 고무신은 사실 불편하다. 나도 고무신을 신지 않은 지 오래되었다. 변한 게 또 있다. 스님들이 등에 메는 걸망이다. 흰 고무신을 신고 밀짚 모자를 쓰고 풀 먹인 무명 천으로 만든 걸망을 지고 산길을 걷는 스님의 모습은 한 폭의 풍경화다. 그런데 이런 모습도 이제 보기 힘들다. 대신 백팩이라 불리는 세간의 가방을 사용한다. 전통 걸망은 도시문화에 어울리지 않고 실용성의 측면에서도 그리 유용하지 않기 때문

마음이 모든 것을 만든다

이다. 나도 어느 불자님이 승복에 맞게 만들어 준 현대적 백팩 걸망을 사용하고 있다.

예전에는 각 절마다 나그네 스님들을 위해 한두 개 정도의 객실을 두었다. 하지만 이제 객실도 사라졌다. 대중교통이 발달하고 개인 승용차를 사용하면서 숙박을 하지 않기 때문이다. 또 속도와 효율을 중시하는 현대사회이니만큼 스님들도 스마트폰을 사용하고 있다. 불공과 기도, 49재 등 의식과 의례도 간소화되고 시간이 대폭 단축되었다. 의식을 오래하면 오히려 불자들이 견디지를 못한다. 전통 녹차가 주류를 이루던 지대방에도 원두 커피가 득세하고 있다. 예전에는 '차 한잔하시지요'라고 했는데, 요즘은 '커피 한잔하시지요'라고 인사말을 건넬 정도다. 이런 현상을 굳이 '세속화'라고 해서는 안 될 것이다. 세속화란 자본과 권력의 오염, 도덕적 타락을 의미하기 때문이다. 문화의 변화라고 말해야 옳다.

불자나 일반인 들도 앞서 말한 변화는 알고 있을 것이다. 그런데 세간 사람들이 쉽게 알아차리지 못하는 문화가 절집에 새로 생겼다. 스님들과 세속 가족의 관계다. 스님들과 가족의 교류가 옛날에 비해 비교적 활발하다는 뜻이다. 그 변화를 알 수 있는 것이, 스님들의 부모가 세상을 떠나면 인연 있는 스님들이 장례식장에 조문을 온다. 언제부턴가 불교계 신문에는 이런 단신 기사도 실린다. '조계종 중앙종회 의원 ○○스님 부친 사망, 영결식 모월 모일 모시, ○○장례식장.' 나도 이런저런 인연 때문에 스님들 가족 장례식장에 가서 염불기도를 올린 적이 있다. 좋은 변화다. 가족들도 위로를 받고, 더러 지인들이 부러워하기도 한다.

사람들 대부분은 스님들이 세속을 떠났다고 생각한다. 수행자가 되면 세속의 부모 형제 친구와도 이별해야 한다고 생각한다. 한시적 이별이 아닌 영원한 '절연'이라고 단정한다. 세간 사람들이 이를 수행자의 당연한 문화로 인식하는 이유는 무엇일까? 불교의 계율을 알아서 그런 것은 아니다. 영화나 드라마, 소설에서 보고 들었기 때문일 것이다. 드라마의 출가 장면은 자못 비장하다. 사랑하는 자식이 출가하면 눈물로 밤을 지새우는 어머니, 자식이 보고 싶어 절에 찾아가면 자식인 스님은 멀리 피해 사라지고, 이를 알고 어머니는 하염없이 눈물을 흘린다. 자식이 수행하고 큰스님이 되어 죄 많은 중생을 제도하기를 기도하는 어머니의 모습까지.

나도 처음에는 그게 당연한 문화고 규칙인 줄 알았다. 열여섯 살, 지리산 쌍계사에서 나를 포함한 10명의 행자들

마음이 모든 것을 만든다

이 모여 사미계를 받았다. 사미계는 스님이 되는 예비 관문이다. 얼마 전 입적하셨던 고산 스님이 출가의 의미를 설명하고 이어 10명의 사미들에게 이렇게 말했다.

"이제부터 세상의 스승이 되는 수행자가 되니 부모 형제 등 세속의 인연을 정리해야 한다. 마지막으로 부모님이 계신 곳을 향해 절을 세 번 하거라. 이후 부모는 물론 대통령에게도 절을 해서는 안 된다. '인정이 농후하면 도심을 헤친다'고 했으니, 부모님 보고 싶다고 집에 가지 말라."

그때는 정성스레 부모님 집을 향해 절을 올렸다. 수계식에 함께 한 보살님들은 여기저기서 훌쩍이며 눈물을 보였다. 그분들이 연신 관세음보살, 관세음보살 하며 염주를 굴리고 합장 기도하는 모습이 지금도 눈에 선하다.

세월이 흘렀다. 나이가 들고 절집 경험이 많아지면서 절연의 문화에 딱히 근거가 없음을 눈치챘다. 나의 은사 스님은 우리가 부모를 만나는 일을 경계하면서도, 노모님을 절에 모셨다. 알고 보니 더러 속가의 부모님을 모시는 스님들이 있었다. 자녀가 주지로 있는 절에서 열심히 신행을 하는 부모도 있었다.

어느 날은 부처님 생애를 읽어가다가 의심이 들었다.

싯다르타는 출가 후 6년의 선정수행과 고행수행을 버리고 중도수행으로 깨달음을 얻어 부처가 되었다. 그리고 얼마 뒤 고향인 카필라로 가서 부왕과 형제와 친지들을 만나고 법을 설했다. 고향의 많은 사람이 부처님의 법에 귀의하고 공양을 올리거나 수행자가 되었다. 세속의 친인척들은 혈연의 인연이 있는 수행자들에게 의식주를 보시하고 법을 들었다. 아니, 부처님의 제자는 부처님의 말씀과 행적을 따라야 하는데, 우리는 왜 반대로 하고 있나? 그래서 부처님 행적을 근거로 선배 스님들에게 물었다.

"스님, 부처님은 일체 중생을 평등하게 제도하라고 했는데… 부모 친척도 일체 중생 아닌가요?"

돌아오는 말은 황당했다.

"요놈이 분별심만 생겨가지고 입만 살아 있네. 수행자가 인정이 농후하면 도심이 성글어진다는 말 못 들었니. 망상 피우지 말고 화두나 열심히 들어."

이제는 세간의 부모 친척이 절에 오가는 일은 자연스럽고 아름다운 모습이 되었다. 해마다 사미계 수계식이 열리는 직지사에는 부모님과 가족들이 참여한다. 가족들의 얼굴이 그리 환하게 빛날 수 없다. 마치 학교 졸업식 풍경과도 같다. 꽃을 전해주고 축하 사진을 찍는다. 부모는 어엿

마음이 모든 것을 만든다

하게 가사 장삼을 걸친 자녀에게 땅바닥에 엎드려 정성스레 절을 올린다. 여러 번 본 모습인데도 볼 때마다 매번 뜨거운 그 무엇이 가슴 한편을 적신다. 혈연血緣을 넘어 불연佛緣으로 이어지는 장엄한 의식이다. 자녀를 바라보는 부모들의 마음은 뭉클할 것이다. 훌륭하게 키운 자식이 세간 사람들에게 지혜와 사랑을 주는 스승의 길로 입문했는데 어찌 눈물이 나고 벅차지 않겠는가?

수행자가 이별하고 절연해야 하는 것, 그것은 사람이 아니다. 무지, 번뇌, 집착, 탐욕과 절연해야 한다. 출가는 절연이 아닌 새로운 인연을 맺는 길이다. 홀로도 빛나고 함께도 빛나는, 인연의 길이다.

나와 너의
관계가
생명이다

내가 개와 친구가 될 줄은 몰랐다. 어릴 적, 농사짓는 부모님과 함께 살면서 지극한 정성으로 소를 돌본 적은 있었지만 개와 고양이에 그리 관심은 없었다. 다른 이들이 반려동물이라고 애지중지 가족처럼 지내는 것을 보면서 사람이 동물과 함께 살아가는 모습도 좋다고 생각했을 뿐이다. 그런데 3년 전부터 레트리버 혼종 한 마리와 함께 살고 있다. 다동이는 천사견이라는 별명답게 순하고 사람을 잘 따르기 때문에 절 식구들의 귀여움을 독차지하고 있다.

처음 다동이를 키우게 됐을 때는 이웃들의 걱정이 이만저만이 아니었다. 특히 개를 키워본 사람들은 이런저런 어려움을 알려주었다. 개가 어릴 때는 귀엽고 건강하지만 나중에 늙어서 병들면 수발하는 일이 여간 힘들지 않다는 것이다. 특히 고통스럽게 죽어가는 모습을 지켜보는 과정이나 죽음이 주는 이별의 아픔을 어찌 감당하겠느냐고 걱정했다. 어떤 이는 반려견과 이별한 후유증 때문에 오랫동안 힘들었고, 그런 연유로 동물을 키우지 않는다고 했다.

그런 조언을 듣고 다동이와 어떻게 지내고 이별해야 할지 생각하기로 했다. 먼저 '나의 다동이'가 아니라, '나와 다동이'로 관계를 설정했다. 나는 다동이의 보호자고 양육자지만, 다동이가 결코 나의 소유물은 아니다. 내가 다동이에게 일방적인 우월자이거나 권력자여서는 안 된다. 다동이는 내 마음대로 편하게 취급하고 생각할 수 있는 존재가 아니다. 그러기에 내 취향대로 다동이를 대하지 말아야 한다. 나의 감정대로 소홀하게 대해서도 안 된다.

또 이렇게 생각한다. 꽃도, 인간도 생로병사가 있듯이 다동이의 생애주기도 그러할 것이다. 사람들은 대개 꽃이 화려하게 피어나면 기뻐하고 좋아한다. 그러다가 꽃이 시들어가면 추하다고 말하고 눈길을 주지 않는다. 이게 과연 꽃을 사랑하는 마음일까? 진정 꽃을 사랑한다면 꽃의 생로병사를 잘 살펴보고 눈길을 주어야 하지 않을까. 어린이들을 사랑하고 예뻐하는 이들 중 노인을 불편해하는 사람도 있다. '늙음'을 혐오하거나 '죽음'을 무서워하고 어두운 것으로 생각한다. 인식의 오류고 편향이다. 인간과 동식물의 생로병사는 그야말로 자연스러운 흐름일 뿐이다. 그러나 우리는 종종 '나'라는 자의식과 '나의 것'이라는 소유의식을 바탕으로 편견을 갖고 편향의 태도를 보인다. 배제와 혐오는 '나'라는 고정되고 편향된 의식하에 일어난다.

다동이도 자연 수명의 절반을 넘어가고 있다. 다동이가 어릴 때의 모습을 본 몇몇 사람은 이제는 그리 귀엽지 않다고 실망하기도 한다. 이게 과연 사랑일까? 동물을, 한 생명을 자기 취향대로 취급하는 것은 사랑이 아닐 것이다. 나는 늙어가고 병이 드는 다동이를 담담하게 애정으로 지켜볼 것이다. 그리고 다동이가 이 세상을 떠나는 날, 이렇게 말할 것이다.

"그동안 우리 사이좋게 잘 지냈지. 덕분에 큰 기쁨을 누리고 살았어. 그동안 나와 함께해주어서 고마웠어. 잘 가, 안녕."

아름다운 이별 또한 자연이다.

《장자》 추수편의 얘기를 떠올려본다. 장자가 복수라는 호수에서 낚시를 하고 있는데 초왕이 보낸 대부가 또 찾아와 정치를 맡아달라는 왕의 뜻을 전했다. 장자는 낚싯대를 쥔 채 돌아보지도 않고 말했다.

"내가 듣기에 초나라에는 신령스러운 거북이가 있는데 죽은 지 3천 년이나 되었다더군요. 왕께서는 그것을 헝겊에 싸서 상자에 넣고 묘당 위에 간직하고 있다지요. 거북은 죽어서 뼈를 남긴 채 소중하게 받들어지기를 바랐을까요, 꼬리를 끌더라도 살아서 진흙 속을 다니기를 바랐을까요?"

생명이란 살아 움직이는 것. 자신의 의지와 감정을 맘껏 표현하는 것이 생명의 이치다. 생명은 자유고 평화고 존중이다. 생명은 나와 너의 관계. 다동이가 살아 있는 동안 나는 그의 생명을 존중할 것이다.

뜨거운 열정보다
묵묵한
걸음이 좋다

조용함이 내게 깃드는 순간 생각하는 것이 있다.

'내 곁에 좋은 사람이 있는가?'

답하자면, 참 많다. 일상의 수행을 중시하는 원불교에서 자주 강조하는 말씀 중에는 '처처불상處處佛像 사사불공事事佛供'이라는 가르침이 있다. 만나는 모든 존재가 부처님이요, 사사건건에 진심을 담아 정성을 다하면 불공이고 기도라는 뜻이다. 그러니 매사에 진심과 정성을 담아 살아가는 사람들이 바로 내 곁의 부처이자, 살아 있는 부처다. "내 이름을 듣는 이는 모든 괴로움 여의고, 내 모습을 보는 이는 해탈하게 하소서." 절집에서 아침 예불 때 올리는 나옹

마음이 모든 것을 만든다

선사의 발원문도 '처처불상 사사불공'과 그 맥락이 닿아 있다.

"당신이 존경하는 사람은 누구입니까?"

종종 이런 질문을 받기도 한다. 질문을 받으면 '존경'보다는 '닮고 싶은 사람'이 누구인지 생각한다. 그리고 먼 과거의 사람이 아니라 지금 내 곁에 있는 사람을 생각한다. 닮고 싶은 사람, 그는 곧 나의 길벗이고 스승이다. 그리고 그런 사람은 내가 부러워하는 사람이며 나를 부끄럽게 하는 사람이기도 하다. 닮고 싶은 사람이 내 곁에 있다면, 그를 유심히 보고 배운다면, 나는 보다 좋은 사람이 되고 삶은 아름답고 풍성해질 것이다.

요새 사람들은 '롤 모델'에게 열광한다. 그러나 롤 모델은 내가 말하는 '닮고 싶은 사람'과는 다르다. 내가 닮고 싶은 사람은 흔히 생각하듯 성공한 사람이나 출세한 사람이 아니기 때문이다. 밤하늘의 별 같은 스타가 아니라 들판의 작은 풀꽃 같은 사람이다.

내가 좋아하는 사람, 닮고 싶은 사람은 무엇보다도 자기 삶을 살아가는 사람이다. 그 사람은 헛된 가치에 눈을 돌리지 않는다. 세상이 좋다고 하는 일에 맹목적으로 동의하거나 동요하지도 않는다. 오직 자신에게 맞는 옷을 입고, 옳은 길을 선택하여 묵묵하게 살아간다. 오랫동안 좋은 사이로 알고 지내는 분이 있다. 지방 소읍에 살고 있다. 학식도 넓고 인품도 훌륭하다. 재력도 넉넉하다. 사람들과 어울려 공부하기를 즐기고 놀기도 잘 논다. 주변에 어려운 일이 있으면 몰래 돕는다. 사회적으로 발언하고 참여할 일이 있으면 기꺼이 참여한다. 참여하되 결코 자신을 앞세우지 않는다. 무엇보다 겸손하고 너그럽고 따뜻하기 때문에 주위 사람들이 좋아하고 존경한다. 때문에 선거 때는 선출직 출마를 제의받는다. 충분히 당선 가능한 사람이다. 그러나 그는 그럴 때마다 다음과 같은 이유로 분명하게 거절한다. 그 옷은 그에게 맞는 옷이 아니고, 본인은 자신에게 맞는 방식으로 좋은 세상을 만들어갈 것이며, 무엇보다도 자신의 소소한 행복을 가꾸어갈 것이라고 말한다. 이렇게 선을 넘지 않는 사람, 담장 너머를 넘보지 않는 사람, 주위의 칭찬과 권유에 흔들리지 않는 사람이 부럽다. 그런 사람을 닮고 싶다.

내가 닮고 싶은 사람은 '한결같은 사람'이다.

절집에서는 여여如如하다고 한다. 나는 어떤 변화와 유혹에도 감정이 흔들리지 않고 성실한 사람이 좋다. 이건 아마도 내가 감정의 기복이 심하고 조건과 상황에 따라 부침

마음이 모든 것을 만든다

이 심하기 때문일 것이다. 한결같은 사람은 남의 시선과 평가에 신경 쓰지 않고 그저 자기 일을 한다. 그런 사람의 표상을 말하라고 한다면 '묵묵默默'일 것이다. 한결같이 묵묵하고 성실한 사람은 대개 무욕과 자족의 마음으로 살아간다. 우리 실상사 공동체에는 그런 분들이 많다. 늘 소리 없이 농장을 가꾸는 스님과 농부 들이 그렇다. 자족하며 살아가는 사람들은 행복의 밀도가 높을 수밖에 없다.

규칙적으로 살아가는 사람을 보면 경이롭다.

부끄럽지만 고백해야겠다. 이런 사람을 좋아하고 닮고 싶은 것 또한 순전히 내가 그러지 못하기 때문이다. 명색이 수행자인데 무슨 소리냐고 할 것이다. 나는 공동체가 정해놓은 규율을 잘 따르는 편이다. 그러나 문제는 '나와 나'의 대면에 있다. 이른바 혼자 있을 때도 삼가고 정직하고 성실해야 한다는 신독愼獨이 잘되지 않는다. 그러니 어떤 일을 몰아치기로 하다가 열정이 쉽게 식는다. 많이 부끄러운 모습이다. 그래서 내 별명을 '칸트 법사'라고 지어볼 생각도 잠깐 했다. 그가 오후 3시 30분 산책을 시작하면 동네 사람들이 시계를 맞추었을 정도로, 그의 하루 일과가 규칙적이었다는 일화는 유명하다. 칸트는 일생에 단 두 번 일과표에서 벗어났다고 한다. 한 번은 루소의 《에밀》을 읽다가, 다른 한 번은 프랑스 혁명 소식이 실린 신문 기사를 읽다 일과표를 어겼다고 한다. 문득 《무소유》를 쓰신 법정 스님이 떠오른다. 산중 깊은 암자에서 홀로 살아갈 때와 극심한 몸살을 앓던 때 두 번을 제외하고는 아침 예불을 거르지 않았다고 한다. 내게 불경을 보는 눈을 열어준 성암당 종범 스님도 매우 규칙적으로 하루 일과를 보낸다. 스님은 개인 방에서도 법당에서와 같이 가사와 장삼을 입고 경을 읽는다. 이렇듯 자기 자신과의 약속을 일상에서 한결같이 실천하는 사람을 보면 경이롭다. "전쟁에서 수천만의 적을 이기기보다 자신을 다스리는 사람이 진정한 승리자다"라는 말씀이 떠오르게 하는 분들이다. 규칙적 반복은 곧 습관이 된다. 그래서 좋은 습관이 오래가면 '몸이 된 마음'이 되고 '마음이 된 몸'이 될 것이다.

　나는 삶으로 말하는 사람을 닮고 싶다.

　사람 사는 세상에는 늘 말이 넘친다. 거짓과 모함과 폭력의 말이 넘친다. 허세와 비난과 험담의 말이 넘친다. 지식을 자랑하는 말도 넘친다. 세련되고 유려한 말이 넘친다. 말만 놓고 보자면 그럴듯한 삶을 사는 사람들이 넘쳐난다.

그런데 그런 말을 하는 사람들에게서 그윽한 인품의 향기가 나는 경우는 드물다. 직접 행동으로 보여주기보다, 말만 앞선다. 날카롭게 분석하고 조리 있게 의견을 주장하는 사람은 많다. 하지만 언행일치를 실천하는 사람은 드물고 귀하다.

지인들 중에서 남에 관해 말하지 않는 사람들을 보면 새삼스레 그의 얼굴과 일상의 처신을 유심히 보게 된다. 사실 험담과 뒷담화는 제어하기 힘든 인간의 속성이다. 그럼에도 남 이야기하는 분위기에 휩쓸리지 않는 사람이 있다. 그는 속이 깊은 사람이다. 아울러 그런 사람은 절제와 침묵의 의미를 알고 있는 사람일 것이다.

나는 자기 나름대로 확고한 행복의 법칙을 정하고 실천하는 사람이 좋다.

항상 무난하고 원만한 인간관계를 유지하며 묵묵하고 여여하게 살아가는 지인이 있다. 그는 인간관계에 실패하지 않는 세 가지 신조를 내게 들려주었다. 첫째, 타인의 눈을 의식하지 않고 평생 자기 스스로 기쁨과 의미를 누릴 수 있는 무언가를 가지고 실행하는 것. 둘째, 누구에게도 줄을 서지 않는 것. 셋째, 나의 생각과 방식으로 타인에게 영향력을 미치려 하지 않는 것. 그는 그중에서 첫 번째가 가장 중요한 것 같다고 말한다. 사람은 대개 자족할 만한 무엇이 없으면 타인의 반응에 기대어 삶의 기쁨과 존재 의미를 확인하려 하고, 따라서 갈등과 충돌이 생긴다는 것이다. 백번 맞는 말이다.

귀가 순해져야 한다는 이순을 맞으면서 이런저런 생각을 많이 하게 된다. 삶의 여정에서 방향과 바탕이 바뀌지는 않았으나 대신 수행의 길, 삶의 길에서의 '결'이 달라지고 있다. 분석과 비평보다는 침착하고 정직한 자기 성찰, 주장과 설득보다는 침묵과 경청, 조언과 권고보다는 묵묵한 실천, 입으로 말하기보다 몸으로 말하기, 다름을 발견하기보다는 같음을 보기, 앞에서 주장하기보다는 옆과 뒤에서 소리 없이 돕기, 나는 그런 삶을 살고자 한다.

이제는 똑똑한 사람보다 어눌한 듯한 사람에게 믿음이 간다. 뜨거운 열정이 넘치는 사람보다 묵묵한 걸음을 걷는 사람이 좋다. 가르침을 주려는 사람보다 일상의 사사건건에서 배움을 주는 사람이 좋다. 이제는 그렇게 '큰 바위 얼굴'이 되어야 할 때다. 이런 생각이 절실한 것을 보니 이제야 철이 드는 시절인연이 오나 보다.

마음이 모든 것을 만든다

안 되겠다,
기본을 다시
잡아야겠다

여름이 되면 선원의 수행자들은 석 달간 일체 산문山門을 나가지 않고 참선 정진한다. 이 기간을 안거安居라고 한다. 안거는 석가모니 부처님 당시부터 이어오는 수행 전통이다.

지난 5월 26일, 음력으로는 4월 15일, 그날 나는 나만의 특별한 안거에 들었다. 지리산과 실상사를 떠나지 않고 천 일 동안 나름의 방식으로 정진을 이어가기로 했다. 먼저 극락전에서 기도를 시작했다. 극락전은 아미타불이 본존불로 계신다. 기도 순서는 이러하다. 먼저 아미타불 관련 경전을 독송한다. 이어 목탁을 울리며 "나무아미타불 관세음보살"을 일념으로 계속 부른다. 이른바 염불수행이다. 부처님의 가르침과 공덕을 마음에 새기며 부처님의 명호名號를 소리 내어 부른다. "나무아미타불 관세음보살, 나무아미타불 관세음보살, 나무아미타불 관세음보살…"

　20대 초반, 계룡산 신원사에서 천일기도를 처음 시작했다. 그 이후 몇 번 백일기도는 했지만 천 일을 기한으로 하는 기도는 지금이 두 번째다. 그동안 자유롭게 나들이했던 습관 때문인지 적응하려면 시간이 걸릴 듯하다. 묵은 습관을 털어내고 새로운 습관을 몸에 새기는 일이 쉽지만은 않다. 작은 습관 하나 고치고 새롭게 하는 일도 이리 힘드니 모든 일에 겸손하고 정신 바짝 차리며 투철하게 매진해야겠다.

　새삼 천일기도 정진을 시작한 이유가 있다. 기도는 나의 삶에 대한 반성과 고백이고, 진실한 삶을 복원하기 위한 발원이기 때문이다. 어느덧 출가한 지 46년이 되었다. 그렇게 많은 세월이 흘렀는지 몰랐다. 올해 3월, 그동안 여기저기 쓴 글을 모아 산문집을 출간했는데, 출판사 편집자가 책 표지에 "46년 출가의 길에서 길어 올린 인문정신의 극치"라는 과분한 문장으로 나를 당혹게 했다. 가슴이 철렁했다. 46년의 세월, 나의 마음살림이 부실하기 짝이 없다는 생각

　　　　　　　　　　　마음이 모든 것을 만든다

이 들자 심한 자괴감과 자책이 밀려왔다.

지금의 나를 살펴본다. 이웃들을 대하며 수행자의 품격을 유지하고자 그럴듯하게 처신은 했지만 명실상부하지는 못했다. 거듭 부끄러웠다. 만해가 〈님의 침묵〉에서 '부끄러움'이라는 시어를 왜 유독 많이 불러냈는지 알 것 같았다. 무엇보다도 자신에게 정직하지 못했고 일상에서 성실하지 못했다. 그럴듯한 삶이었던 것이지, 그러하지는 못했다.

이래서는 안 되겠다는 생각이 번쩍 들었다. 그동안 사명과 원력이라는 이름으로 무슨 일을 하려고만 했지, 나의 마음살림을 살피는 일에는 소홀했던 것이다. 지금부터 다시 나를 들여다보고 정직하고 성실하게 삶을 가꾸어가지 않으면 죽을 때 크게 후회하겠다는 위기감이 밀려왔다.

글을 쓰는 내내 이 말이 떠오른다. "세상의 평화를 원한다면 그대 자신이 먼저 평화가 되어라." 그동안 이런 기본에 소홀했다. 내 심신이 평온하지 않았으니, 내가 아무리 무심과 평화를 논리적으로 말했다고 해도, 상대는 그 '말'에 수긍할지언정 '마음'의 평화를 얻지는 못했을 것이다. 나눔과 공감은 말이 아닌 정직한 기운으로 전해지기 때문이다

일상을 점검해보았다. 경전과 책을 읽고, 사유하고, 해

석하고, 말하고, 글을 쓰는 일상이 주류를 이루었다. 그러나 사유와 해석이 그대로 나의 삶이 되지는 못했다. 분석하고, 해석하고, 대안을 말하는 것으로 수행이 되고 원력을 실천한다고 착각해왔다. 내면화되지 못한 지식과 사유는 참 허약하기 짝이 없다. 이제는 보다 안으로, 안으로 눈길을 돌려야 할 때라고 자각했다.

그래서 천일기도 정진을 결심했다. 정진은 '규칙과 반복'이 근간이다. 새삼 헤아려본다. 그동안 참 불규칙적이었고, 꾸준하지 않았고, 고요하지 못했고, 정성스럽지 못했다. 그저 반짝 하는 기술이고 재주였을 것이다. 그러니 심신이 조화로울 리 없고 믿음을 주지 못했을 것이다.

소년 시절, 출가 초기와 중반까지는 절집 가풍에 따라 정석으로 하루 일과를 마쳤다. 조석 예불, 공양, 공동 울력 등 기본에 철저했다. 경전 독송과 좌선을 비교적 꾸준하게 이어갔다. 그러다가 40대 중반부터 종단과 교구본사의 이런저런 소임을 보면서 기본에 소홀해졌다. 지금까지 책을 손에서 놓은 적은 없었지만 나머지 소임에는 성실하지 못했다. 홀로 지내던 일지암 시절, 자정이 넘도록 책을 보고 늦잠을 자며 아침 예불을 아예 하지 않기도 했다. 무엇보다

마음이 모든 것을 만든다

도 굳이 하지 않아도 되는 일들을 많이 만들어서 분주하게 움직였다. 나름 밥값 한다고 했지만 지금 생각해보면 안살림과 바깥살림이 조화롭지 못했다. 무언가 잔뜩 들떴던 것 같다.

초기 경전에는 근면을 강조한 부처님의 말씀이 많다. 열반 직전에도 부처님은 "세상은 무상하다, 부지런히 정진하라"라고 당부한다. 요즘 새삼 이 말씀이 절실하다. 분주함과 부지런함은 같지 않다. 분주함은 차분하고 침착하게 살지 못하는 모습이다. 한마디로 허둥지둥 중구난방하는 볼썽사나운 모습이다. 반면 부지런함이란 하지 않아도 될 일은 하지 않고 해야 할 일을 하는 것이다. 규칙적이고, 차분하고, 진심으로, 꾸준히 하는 모습을 말한다. 이게 바로 품격 있는 수행자의 모습이다. 이제 생을 마감하는 순간까지 '규칙과 반복'을 염두에 두고 일상에서 실행해야 할 때다. 매일 규칙적으로 사는 일은 내 기본을 다지는 수행일 것이다. 중심을 잡고 초심을 잃지 않는 일이 수행이다.

몇몇 스님에게는 출가했을 때의 초심과 자기중심을 잡기 위해 반드시 하는 일이 있다. 그중 교구본사 주지를 역임하고 종단의 원로이신 어느 노스님은 어느 절에 살든 새벽 도량석을 손수 하신다. 도량석이란 새벽 3시 경내 도량을 돌며 목탁을 치고 염불하는 의식을 말한다. 사찰의 하루 일과가 시작되는 의식이며 대중을 깨우는 일이다. 도량석을 하려면 적어도 2시 30분에는 일어나야 한다. 이 스님은 교구본사 주지 소임을 볼 때도 도량석을 하셨고, 소임 이후에도 매일 빠짐없이 목탁을 치며 청아한 목소리로 경내를 돌았다. 이런 규칙과 반복이야말로 대중에게 감동을 줄 뿐 아니라 자신의 중심을 세우는 방편이었다.

또 이런 스님도 있다. 출가 이래 학문에 매진해 모든 경전에 두루 해박하신 어떤 노스님은 조석 예불이 끝나면 《초발심자경문》이나 《화엄경》의 〈보현행원품〉을 독송한다. 내용이 복잡하거나 이해하기 어렵지 않은 경전이지만 늘 정해진 시간에 규칙적이고 반복적으로 독송한다. 두 경전은 읽으면 읽을수록 뜻이 깊고 깊으며 간절하고 간절하다. 이 경전을 매일 독송하는 수행은 흐려지는 초심을 새기고 흔들리는 중심을 세우는 방편이다.

이런 스님들을 생각하면 문득 어떤 작가의 일상이 떠오른다. 전업 작가인 그는 자신의 집이 직장이다. 그는 아침밥을 먹은 후 옷을 단정하게 갖추어 입고 2층에 있는 자신의 집필실로 출근한다. 그곳에서 책을 읽고 글을 쓴다. 점심때가 되면 1층으로 내려와 식사를 하고 잠시 휴식을 취한

마음이 모든 것을 만든다

뒤 다시 집필실로 가서 오후 내내 작업한다. 그리고 시간이 되면 퇴근을 한다. 그 모습을 보면서 생각했다. '아, 저 분은 자신에게 경건한 사람이구나.' 이기적 욕망과 자기애自己愛는 다를 것이다. 진정 자기를 사랑하는 사람은 자신에게 경건하다. 경건하기 위해 반드시 필요한 것들을 규칙적으로, 반복적으로 실행한다.

그렇다. 수행이란 이렇게 자신에게 정직하고 경건한 삶을 가꾸는 몸짓이다. 그동안 나는 사유와 논리만이 수행이고 깨달음인 줄 알았다. 붓다는 '게으름'을 경책하고 '부지런함'을 독려했다. 반드시 해야 할 일을 규칙적이고 반복적으로 하지 않으면 내 정신에 녹이 생긴다. 쇠가 단단함과 날카로움을 잃고 소멸하는 것은 내부에서 발생하는 녹 때문이다. 게으름은 녹이다. 녹슬지 않으려면 늘 갈고 닦아야 하는 길밖에 없다. 상식이 비법이고 신통력이다.

천일기도를 인연으로 초발심을 회복하고자 한다. 기본을 다시 잡아야겠다.

죽음도
빛나라

늙어감도 빛나라

은행나무와 감나무가 사이좋게 빛나는 극락전 뜨락이 한가롭고 넉넉하다. 다만 올여름 장마 때문에 극락전 처마 아래가 많이 패였다. 노스님 한 분이 자갈을 주워 고르지 못한 땅을 메꾸고 있다. 엄마와 함께 놀러 온 아이가 노스님에게 묻는다.

"뭐 하세요?"

"보물 주워."

"돌멩이가 무슨 보물이에요?"

"돌멩이가 필요할 땐 돌멩이가 보물이고, 똥이 필요할 땐 똥이 보물이고, 엄마아빠가 필요할 땐 엄마아빠가 보물

157 　　　　　　　　　　　　　마음이 모든 것을 만든다

이고, 아들딸이 필요할 땐 아들딸이 보물이지."

노스님의 말씀에 아이는 이 무슨 말인가? 하는 표정이다. 옆에서 지켜보는 엄마는 빙그레 웃는다. 화두와 깨달음은 늘 우리 곁에서 있는 그대로 빛나고 있다.

허기진 사람에게는 밥이 부처다. 외롭고 지친 사람에게는 위로하고 격려해주는 자가 예수님이다. 아픈 사람에게는 의사가 부처다. 불교에는 의사 부처님이 계신다. 몸과 마음이 아플 때 진단하고 치료해주는 뭇 생명의 주치의, 우리는 그 의사를 '약사여래 부처님'이라 부른다. 나무 동방만월세계 약사유리광 여래불!

실상사에는 기도처로 유명한 약사전이 있다. 중심 전각인 보광전 오른쪽에 있다. 약사전에는 통일 신라 시대의 약사여래 부처님이 계신다. 그 시대에 철로 조성했으니 우리는 철불이라 한다. 약사여래 철불님은 그 풍모가 위엄이 있으면서 자애롭다. 우리들의 모든 병고를 해소해줄 것 같은 든든한 기운을 느낄 수 있다. 부처님 이마에 있는 점은 지리산 천왕봉과 일직선으로 통한다. 그래서 기공에 관심이 있는 분들은 실상사 약사전에서 철불님을 향하여 두 손바닥을 내밀고 기를 받는다. 이렇게 21세기 부처님들은 뭇 생명들의 다양한 소원에 응하느라 매우 바쁘다.

대승경전인 《약사경》에 따르면, 약사여래는 우주의 동방세계를 관장하고 있으며 열두 가지 큰 서원을 세워 뭇 생명들의 병고를 치유하고 계신다. 신체의 병고, 마음의 병고, 위정자들의 횡포에 시달려 생긴 고통, 빈부격차로 서러워하는 고통을 살피고 치유한다. 그러니 우리가 아플 때 찾아가는 부처님이고, 아픔의 소리를 듣고 찾아오시는 주치의 부처님이다.

묻는다. 경전에 있는 그 많은 부처는 어디에 계신가? 먼 과거세에 계셨는가? 미래세에 오시려고 어딘가에 계시는가? 아니면 우리가 사는 곳이 아닌, 우리 발길이 닿을 수 없는, 멀고 먼 곳에 계시는가? 답한다. 만약 그런 시간에, 그런 공간에, 부처가 계신다면 이미 부처가 아니다. 부처는 지금이고 여기다. 지금 여기에 계셔야 부처다. 몸의 중심이 아픈 곳이듯, 아픈 소리를 듣고 오시는 분이 부처이지 않는가. 그러므로 약사여래는 지금, 여기, 우리들의 주치의가 분명하다.

지금! 여기! 우리들의 부처를 모시기 위해 약사여래께 초청장을 쓰기로 했다. 대승경전인 《약사경》을 오늘의 시대정신으로 재해석하고 기도문의 체제로 새로운 경을 만들어 약사여래를 초청하기로 했다. 그 초청장의 제목은

마음이 모든 것을 만든다

〈21세기 약사경〉이다.

〈21세기 약사경〉은 현재 모든 사찰에서 독송하는 《천수경》의 체제를 따랐다. 취지는 '미혹의 문명을 넘어 깨달음의 문명으로의 전환'이다. 현재 고통받는 우리 사회의 실상을 직시하고, 그 고통을 해결하는 발원을 경에 담았다.

길을 잃어 방황하는 뭇 생명을 돌보시는
약사여래 부처님께 지성귀의 하옵니다.
질병으로 신음하는 뭇 생명을 돌보시는
약사여래 부처님께 지성귀의 하옵니다.
가난으로 고생하는 뭇 생명을 돌보시는
약사여래 부처님께 지성귀의 하옵니다.
증오심에 시달리는 뭇 생명을 돌보시는
약사여래 부처님께 지성귀의 하옵니다.
억압당해 절규하는 뭇 생명을 돌보시는
약사여래 부처님께 지성귀의 하옵니다.

지금, 여기, 우리 사회의 실상을 직시하고 보듬고 위로하는 약사여래의 공덕을 찬탄하고 귀의하며 간절한 참회를 한다. 그리고 왜 우리가 문명 전환을 해야 하는지에 대한 근거를 말한다.

이어서 '약사여래 치유광명 대다라니'를 옮겨본다.

가는 이여 가는 이여

광명의 길 가는 이여

어둠을 떨쳐내고

광명의 길 가는 이여

보는 이여 보는 이여

이 세상의 모든 존재

그물코로 보는 이여

시방세계 부처님을 뵙듯이

뭇 생명을 부처로 보는 이여

오고 가며 인사하는 우리 이웃

우리 친구 부처로 보는 이여

아는 이여 아는 이여

그대와 나 둘 아님을 아는 이여

너와 내가 한 몸임을 아는 이여

하나 속에 여럿 있고

여럿 속에 하나 있음 아는 이여

한순간이 영원이요

마음이 모든 것을 만든다

영원함이 순간임을 아는 이여
온 세상의 순간순간 하나하나
저마다가 소중함을 아는 이여

이 다라니는 화엄의 세계관을 풀이한 것이다. 모든 존재는 그 자체로 탄생하거나 작용할 수 없다. 서로의 힘을 빌려서 탄생하고 활동하는 것이다. 예를 들어보자. 밥은, 밥 그 자체로 만들어지지 않는다. 땅과 바람과 비와 해와 농부와 공양주의 도움으로 밥이 되고 우리 몸으로 들어온다. 그러니 하나 속에 여럿이 있는 것이다. 너와 내가 그물코로 연결된 한 몸의 다른 몸이고 다른 몸의 한 몸인 것이다. 이치가 이러하니 어찌 상대를 은혜로 바라보지 않거나 서로를 돕지 않을 수 있겠는가. 그러나 과연 지금 우리 사회는 이런 취지를 생각하며 살아가고 있는가.

다시 묻는다. 우리 문명은 죽임의 문명인가, 살림의 문명인가를 묻는다. 배제와 혐오의 문명인가, 협력과 사랑의 문명인가를 진심으로 묻는다. 나만, 우리들만 살자는 문명은 미혹의 문명이다. 나와 너 모두가 살자는 문명은 깨달음의 문명이다. 그래서 우리는 '21세기 약사여래 큰 서원'을 말한다.

삶만 좋아하고 죽음을 싫어하는 미혹문명 내려놓고

죽음도 빛나고 삶도 빛나는

깨달음의 밝은 문명 피어나게 하옵소서

젊음만을 좋아하고 늙어감을 싫어하는 미혹문명 내려놓고

늙음도 빛나고 젊음도 빛나는

깨달음의 밝은 문명 피어나게 하옵소서

남성만 존중하고 여성을 비하하는 미혹문명 내려놓고

여성도 빛나고 남성도 빛나는

깨달음의 밝은 문명 피어나게 하옵소서

인간만을 사랑하고 자연환경 괴롭히는 미혹문명 내려놓고

자연도 빛나고 인간도 빛나는

깨달음의 밝은 문명 피어나게 하옵소서

이렇게 실상사의 출가불자와 재가불자들이 모두 모여서 대립하고 배척하는 이 시대의 기울어진 운동장을 호출했다. 불러내어 함께 가자고 발원한다. 내려놓고 함께 가자고 간절하게 기도한다. 나와 너, 부자와 가난한 이, 소유와 자족, 경쟁과 협력, 서울과 지역사회, 절집과 이웃 마을, 도시와 농촌, 침묵과 대화, 특별함과 평범함, 개인과 공동체가 함께 빛나기를 호소한다. 왜 그래야 하는가? 이들은 본디

마음이 모든 것을 만든다

반목의 존재가 아니라 화목의 존재이기 때문이다. 우리가 잃어버린 자리, 떠나온 자리로 돌아가면 서로가 빛나고 빛나는 존재가 되기 때문이다. 이어 반목을 넘어 화목으로 가자고 기도한다.

전쟁테러 생명파괴 어리석은 재앙이니
무기 없고 폭력 없는 세계평화 원합니다
국가 민족 인종계급 이 모두가 망념이니
지구촌의 가족으로 살아가길 원합니다
기업노동 반목하면 모두에게 해로우니
노동자와 사용자가 함께 가길 원합니다
성현들은 한결같이 사랑 평화 원했으니
이웃 종교 존중하는 종교평화 원합니다
앞만 보고 달려가는 일등주의 멈추고서
함께 사는 상생문화 가꿔지길 원합니다

이렇게 〈21세기 약사경〉을 독송하면 어느새 가슴이 뜨거워진다. 읽어가면서 내내 뜨거움과 부끄러움이 솟는다. 그리고 답답한 기운이 사라지고 청량하고 강인한 힘이 솟는다. 이게 바로 치유다. 어느새 내가 치유되고 건강한 몸이 된다. 간절한 마음으로 부르니 약사여래가 내 가슴에 오시고 심신의 병고가 치유된다. 사회의 병고가 사라지는 광명을 느낀다. 경을 읽어가며 미혹의 실상을 직시하니 그 자리에서 어둠이 사라지고 깨달음의 광명이 드러난다. 깨달음은, 부처는, 지금, 여기, 우리들임을 깨닫는다. 나무 약사여래불!

미혹의 문명은 반목이다. 반목이란, 글자 그대로 서로를 반대편이라고 생각하는 것이다. 참으로 슬픈 착각이다. 전도몽상이다. 깨달음의 문명은 그리 거창하거나 어려운 곳에 있지 않다. 존재의 실상, 현장의 실상을 잘 살펴보면, 모든 존재는 서로의 도움과 은혜로 탄생하고, 건강하게 성장하고, 서로를 빛내는 존재다. 이게 생명의 질서다. 생명의 질서가 극락정토. 화목하게 살아가는 모습이 바로 생명의 질서이고 실상이다.

실상사의 약사여래는 오늘도 장엄한 아름다움으로 서 있는 지리산을 바로 보며 반목을 넘어 화목으로 가자고 나직한 목소리로 동시 한 편을 읽어준다.

'엄마'의 반대편은
'아빠'래요.

아녜요 아냐

아빠 엄마의

참 좋은 짝인걸요

'남'의 반대편은

'북'이래요

아녜요 아냐

북은 남의

참 좋은 짝인걸요

'하늘'의 반대편은

'땅'이래요

아녜요 아냐

땅은 하늘의

참 좋은 짝인걸요

우리 가족,

우리나라,

우리 별 지구…

자꾸자꾸 불어나는

참 좋은 짝인걸요.*

*   손동연, 〈짝1〉, 《참 좋은 짝》, 푸른책들, 2004.

3부

깨달음이
빛나고

있
나
이
다

온몸으로
한소식 얻는
삶의 고수

실상사에서는 매일 오전 8시 30분 '하루를 여는 법석'
이 열린다. 절에 거주하는 출가와 재가 수행자들이 둥글게
모여 예불을 올린다. 이어 경전 낭독과 참회 발원을 하고
하루의 일정을 공유한다. 그리고 9시경에는 각자의 일터에
서 주어진 소임에 전념한다.

매주 월요일 법석에는 공동체 각 영역에 있는 벗들이
모인다. '마을도 빛나고 절도 빛나라'라는 발원에 맞게 지역
사업을 하는 사단법인 한생명, 농장, 공방, 작은학교, 대안
대학인 생명평화대학의 벗들이 모두 모인다. 전체 대중이
한 주간의 삶을 나눈다. 이 나눔을 통하여 개인과 영역의

깨달음이 빛나고 있나이다

일들을 보다 깊이 이해한다.

그러다 보니 월요일 법석은 대략 한 시간 반 정도 소요된다. 꽤 긴 시간이라 나도 처음에는 좀 답답하고 힘들었다. 실상사 문화에 익숙하지 않은 스님들도 월요일 법석이 지루하다고들 한다. 그러면 내가 이렇게 말한다.

"처처불상 사사불공!"

사람 소리, 물 소리, 바람 소리가 부처님 아님이 없고, 세속 잡사에 온전히 마음 주면 그대로가 불공 기도다. 그러니 선입견 두지 말고 관심을 가져보자고 권한다. 그리하면 경청 삼매 속에서 공감하는 수행이 절로 될 것이라고 곁들인다.

월요일 법석 첫 번째 발표자는 인도 라다크 출신인 단누 스님이다. 스님은 틈틈이 인도 밀크티인 짜이를 만들어 대중들의 미각을 즐겁게 해주신다. 이제는 한국말이 능숙한데도 "대중들 덕분에 잘 살았습니다"라는 말만 한다. 그래도 대중들은 공감한다. 단누 스님은 매일 부지런하게 기도하고 노동한다. 그러니 세세한 설명 없이도 모두들 그 말의 의미를 안다.

다방면으로 다독가인 상연 스님은 대개 책과 일상을

연결시켜 소감을 나눈다. 예를 들어보면 이렇다.

"용수 보살의 《중론》 관육정품에 '눈은 눈을 보지 못하고 소리는 소리를 듣지 못한다'라는 말이 있는데 요즘 그 말씀을 실감합니다. 대중들과의 관계 속에서 보지 못하고 듣지 못하는 나의 모습을 생각하게 됩니다."

밭을 돌보는 원두園頭 소임을 맡은 덕산 스님은 대부분 농작물의 성장에 대해 말한다.

선재 스님은 예순을 막 넘어선 초보 노스님인데, 이 스님도 말보다는 몸으로 말씀을 들려주신다. 어린이 법회나 합창단 모임이 있는 날에는 지리산 곳곳을 돌며 손수 운전한다. 어린이들은 선재 스님에게서 스님과 할아버지의 기운을 함께 느낀다.

실상사 공동체 영역 중 하나인 목금토공방에서 지역민을 대상으로 목공 기초 교육을 담당하고 있는 낙지(별명이다)는 요즘 다시 드릴 공부를 하고 있다고 한다. 잘 알고 있다고 생각했던 드릴 다루는 법을 다시 익히면서 새삼 '기초'의 중요성을 느낀다고 한다. 한의사이기도 한 낙지는 공동체의 주치의 역할도 하고 있다.

다음은 지역사회 마을 일을 하는 사단법인 한생명에서 일하는 40대 초반의 법우 차례다. 요즘은 부모님 댁에 가서 함께 어울리는 시간을 많이 갖는다고 한다. 유독 외로움을 많이 느끼는 아버지에게 연민이 든다고도 한다. 예전에는 '우리 아버지는 왜 저러시지? 나도 저렇게 살면 어쩌지? 나도 닮아가지는 않을까?' 하는 마음이 있었다고 한다. 그렇지만 이제는 부모님을 잘 모시기보다는 소소한 대화를 나누며 친구처럼 지내려고 노력한다. 그러니 마음이 한결 가볍단다. 사람은 세월을 먹으면서 부드럽고 따뜻해지나 보다. 역시 세월이 선생이다.

농장 법우님은 누군가 "겨울에는 농장에 일이 없겠네요" 하는 말에 이렇게 응답했다고 한다.

"모르시는 말씀, 겨울에 농사 준비를 잘 해둬야 한 해 농사를 잘 짓습니다."

이 말에서 사물과 시간은 결코 분리될 수 없는 관계의 연속성에 있다는 연기의 법칙을 깨닫는다.

농장에서 일하는 또 다른 법우님은 이렇게 말한다.

"지난번에는 사흘 동안 김장을 했습니다. 결코 적지 않은 양이었지만 이번 김장 울력은 힘들어도 힘들지 않았습니다."

힘들어도 힘들지 않았다는 말이 울림을 준다. 일상에서 몸으로 깨달은 법문이 아닐 수 없다. 그분이 이어 말한다.

객처럼 일하면 배추와 무를 뽑고 씻고 하는 일들이 지겹고 지루하지만, 주인의 마음으로 일하면 즐거움이 된단다. 그렇다. 누구나 이렇게 말할 수는 있지만 아무나 공감할 수는 없다. 선종에는 사구死句와 활구活句라는 말이 있다. 이론과 관념에 젖은, 죽은 말이 사구다. 반면 김장을 하면서 얻은 생생한 자기 말은 활구가 된다. 기꺼이, 즐겁게, 김장을 하니 노동과 수행과 놀이의 경계가 저절로 허물어진다. 그러고 보니 모두들 자기 분야에서 경험과 관찰과 사유를 통해서 온몸으로 '한소식(깨달음)'을 얻은 고수들이다.

실상사에는 몇 개의 부속 암자가 있다. 역사가 오래된 백장암, 약수암, 서진암이다. 이곳에서 스님들이 수행하고 있다. 암자와 비슷하지만 별도의 독립된 공간도 하나 있다. 화림원이다. 화림원은 대략 20년 전에 지은 건물이다. 황토집이다. 나도 실상사 화엄학림에서 《화엄경》 공부를 마치고 이곳에서 3년 정도 머물렀다. 처음에는 학인 스님들의 연구공간 목적으로 지어 사용했다. 지금은 청년들의 대안대학으로 사용하고 있다. 아울러 실상사 활동가 법우들의 개인 숙소도 겸하고 있다.

화림원에는 20대부터 50대까지 10명이 살고 있다.

깨달음이 빛나고 있나이다

화림원 식구들은 요즘 화림원이 무척 화기애애한 분위기라고 한다. 법우들의 개인 방을 순례하면서 자치회의를 하고 각기 정성껏 만든 밥을 나누며 대화하니 한결 부드럽고 정겹다고 한다. 나누는 마음으로 살아가니 서로에게서 절로 배움을 얻는다.

"어른인데 친구처럼 지내는 게 신기해요."

스물두 살 청년 닷쉬의 발언이다. 동료인 밤비도 수긍한다. 닷쉬와 밤비, 그리고 이들과 함께 생명평화대학 연구과정에 있는 도야는 올해 농장에서 일하며 조립식 건물을 다듬어 청년들의 활동공간을 만들고 있다. 아주 적은 돈으로 개조하려니 모든 게 옹색하고 궁색하다. 여기저기에 있는 자재들을 재활용한다. 특별한 기술이 없으니 묻고 찾아서 손수 작업한다. 자연스레 시행착오가 많을 수밖에 없다. 그러나 실패는 성공의 어머니라고 했다. 어쨌든 해나가고 있다. 그렇지만 바닥 콘크리트 작업과 전기 배선은 청년들의 힘으로도 쉽지 않았다. 이런 일들을 귀촌한 동네 어른들이 와서 해주었다. 아무런 대가도 없이 보시한 것이다.

"아무런 조건 없이 그저 내 일처럼 도와주는 어른들을 보면서 크게 감동했습니다. 제게 어른들은 늘 어렵거나 조심스럽게 대해야 할 분들이었는데, 서로 친구처럼 통한다는 느낌을 받았어요."

그동안 아무런 조건 없이, 기꺼이, 기쁘게 도와주는 관계를 경험하지 못했던 청년들의 말이다. 이렇게 일상에서 함께 일하면서 배움이 일어난다. 이게 바로 '산 공부'라고 할 수 있겠다.

공양간을 담당하는 범정 법우는 김장이 끝난 뒤 혼자 바닥 청소할 엄두가 나지 않았다고 한다. 단체채팅방에 도움을 청하자 각 영역의 법우들이 자기 일을 잠시 접어두고 도와주어 마무리를 할 수 있었다고 좋아했다. 돈 없이도 즐거움을 주는 보시가 바로 이런 것이리라.

소감 나눔의 마지막은 회주 도법 스님이다. 스님은 작은 일에도 늘 진지하다.

"우리가 약사전 천일기도를 한 지도 200여 일을 넘어가고 있습니다. 그래서 날마다 우리가 만든 〈21세기 약사경〉을 읽습니다. 기도문에 있는 '삶도 빛나고 죽음도 빛나고, 젊음도 빛나고 늙어감도 빛나라'라는 발원에 마음이 갑니다. 아마도 몸 여기저기서 불편하다고 신호를 보내고 있기 때문인 것 같습니다."

몸이 신호를 보내니 자연스레 지난날들을 돌아보게 되

깨달음이 빛나고 있나이다

고 앞날을 생각하게 된다고 말씀하신다. 그리고 지금, 신호를 보내오는 이 늙음이라는 친구를 어떻게 맞아야 할지 생각하게 된다고 한다. 친구가 오면 반갑게 맞이해야 하는데 못마땅한 감정으로 늙음을 바라봤구나, 하는 생각도 들었다고 하신다.

"늙음과 죽음은 아무리 싫어하고 거부해도 오는 것인데 반가운 친구 환대하듯 맞아야지. 그들을 기꺼이 받아들이고 친숙해져야 삶과 늙음과 죽음이 빛나는 것이겠다."

이어 이렇게 마무리하신다.

늙음도 내 친구 죽음도 내 친구
소중하고 고마운 내 친구에게
정성스레 공들이며 살아야겠네.
그리고 어느 날 때가 오면
나는 죽음에게
이렇게 말할 거야.
이제 난 너에게 갈 거야.

월요일 법석은 출가와 재가 도반들의 소중한 삶을 이해할 수 있어 좋다. 각자의 삶과, 그 삶에서 우러나온 말을 경청하고 공감의 기쁨을 누릴 수 있어서 좋다. 일상의 경험, 관찰, 사유의 발언들은 지금 여기서 빛나는 법문이다. 더없이 귀한 대화사리對話舍利다.

나와 함께하는 뭇 생명들이시여!
깨달음이 일상의 삶에서 빛나고 있나이다.

깨달음이 빛나고 있나이다

자존감을
착각하고
있지는 않은가

세간의 벗들과 차담을 나누면서 이런저런 얘기를 듣는
다. 오는 사람들 각자의 사연을 듣다 보니 산중에서도 세상
돌아가는 모양을 대략이나마 알게 된다. 그래서 보이지 않
는 세계까지 볼 수 있는 천안통天眼通은 증득하지 못했지만,
인간사가 어떤 모습인지 짐작하는 세간통世間通의 경지에
는 이른 것 같다. 그래서인지 종종 "산에 계시는 스님이 어
찌 세상을 그리 잘 아세요"라는 말을 듣는다.

어제는 지인의 소개로 오신 분이 이런 얘기를 전했다.
기차 안에서 어느 젊은 여성이 승무원에게 행한 비상식적
언행에 관한 사연이다. 내용을 듣고 보니 더러 발생하는 갑

질이자, 사회 곳곳에서 감정 노동자들이 당하는 고통이기도 하다. 사건은 기차 안에서 커피와 햄버거를 먹던 여성을 승무원이 제지하면서 시작됐다. 그는 멈추지 않았고 다른 승객들의 항의를 받은 승무원은 재차 주의를 주었다. 그런데 돌연 그 승객이 승무원에게 삿대질하며 버럭 소리를 질렀다.

"네가 뭔데 이래라 저래라 하는 거야? 너, 우리 아빠가 어떤 사람인 줄 알아? 너 정도는 당장 자를 수 있어."

그러고는 아빠에게 전화를 걸어 사정을 말하고 당장 혼내주라고 했다는 것이다.

지인들 모두 이런 교양 없는 짓에 혀를 차고 분개했다. 이어서 지인들은 일부 고객들의 무례하고 몰상식한 사례를 줄줄이 펼쳤다. 반말, 폭언, 성희롱, 땅콩 회항 사건, 대기업 상무 라면 사건 등을 말하며 한탄했다. 이분들이 말하는 사건은 모두 여론의 뭇매를 맞았다. 사건을 저지른 당사자들은 사과했다. 하지만 생각해보자. 그들이 사과한 이유는 뻔하다. 자신의 행위가 부끄러워서 사과한 것이 아니라, 상황이 불리하니까 사과한 것이다. 부끄러움을 모르는 사회, 이웃의 고통에 대해 공감이 없는 사회의 단면이다. 상처받은 당사자들의 감정은 말끔하고 후련해졌을까? 결코 그렇

깨달음이 빛나고 있나이다

지 않을 것이다. 겨우 체면만 유지한 셈이다.

백화점, 항공기, 기차 등 곳곳에서 무례한 짓을 벌이는 사람들의 공통점이 있다. 자신과 집안을 내세운다. 자신과 부모의 지위를 들먹이며 이른바 '위세'를 부린다. 이들에게 가문의 영광은 현대판 계급이다. 이런 위세는 곧 허세다. 허세임이 뻔히 보이는 위력을 행사하는 그들은, 자신들이 고귀한 사람이라고 생각할 것이다. 그런데 다른 사람들도 그렇게 봐주고 있을까? 아닐 것이다. 다들 속으로 '웃기고 있네' 생각하고 있을 것이다.

석가모니 부처님 당시에도 이런 부류가 곳곳에 있었나 보다. 초기 경전에서는 천박한 사람과 고귀한 사람을 나누는 잣대를 이렇게 말하고 있다.

자기를 내세우고 남을 무시하며, 스스로 교만 때문에 비굴해진 사람, 그를 천한 사람으로 아시오.

남을 괴롭히고 욕심이 많으며, 인색하고 덕도 없으면서 존경을 받으려 하며, 부끄러워할 줄 모르는 사람, 그를 천한 사람으로 아시오.

혈통을 뽐내고 재산과 가문을 자랑하면서 자기 친척을 멸시하는 사람이 있소. 이것은 파멸의 문이다.*

아주 먼 옛날의 이야기지만 오늘날 듣기에도 그리 생경하지 않다. 천박한 사람은 차별, 혐오, 박해, 무례, 과시가 삶의 주류를 이룬다. 하이데거가 언어는 곧 존재의 집이라고 했으니, 어쩌면 그 사람들은 이런 언어에 갇혀 살고 있는 불쌍한 수인囚人들일지도 모른다. 또 경전에서는 천박한 사람과 고귀한 사람을 다음과 같이 명쾌하게 정의한다.

날 때부터 천한 사람이 되는 것이 아니다. 태어나면서부터 바라문이 되는 것도 아니다. 그 행위에 따라 천한 사람도 되고 바라문도 되는 것이다.**

부처님은 오직 행위만을 묻는다고 했다. 업보란 다른 사람들과의 관계에서만 형성되는 것이 아니라, 자신의 내부 회로에서도 발생하는 것이다.

---

*   법정 옮김, 《숫타니파타》, 이레, 1999.

**   법정 옮김, 앞의 책.

깨달음이 빛나고 있나이다

이런 사연을 들을 때마다 나는 허세로 위세를 부리고 위력을 행사하는 그들의 마음 깊은 곳을 살피고 싶다. 왜 그럴까? 대체 왜 그러할까? 부족한 것 없이 다 가진 사람들이 겸손하고 예의 바르고 친절하게 사람들을 대하면, 비단 위 아름다운 꽃마냥 빛이 날 터인데 말이다. 그 연유를 이리저리 헤아려보니 아무래도 답은 이러할 것으로 짐작한다. 빈 수레가 요란한 법이라고 겉으로는 학벌, 재산, 지위, 명망이 가득한데 실속은 '빈 수레'임이 분명하다. 내면세계가 허기로 가득하다. 보여지는 모습은 그럴듯하고 당당한데 그 내면은 왠지 모르게 불안한 까닭이다. 사자성어로 말하자면 외화내빈外華內貧이다. 옛말 하나도 틀리지 않다.

반대로 외유내강外柔內剛인 사람들도 있다. 아마도 채현국 선생이 그런 분일 것이다. 그분은 몇 년 전 인터뷰한 내용을 엮은《풍운아 채현국》이라는 책으로 세상에 이름을 드러냈다. 한때 개인소득 납부액 1위를 기록할 정도의 재산가였으나 이리저리 좋은 일에 기부하여 지금은 소박한 소유로 빛나는 분이다. 차림새도 허름하고 행동은 눈에 드러나지 않는다. 선생은 인터뷰 조건으로 '절대 훌륭한 어른이나 근사한 사람으로 그리지 말 것'을 당부했다고 한다. 좋은 가문과 학벌뿐만 아니라 넉넉한 재산과 잦은 선행도 절대 드러내거나 자랑하지 않는 분이었다. 왜 그랬을까? 바로 '자연'스러움 때문이다. 옛말에 상선약수上善若水라 했다. 최고의 훌륭함은 바로 흐르는 물과 같은 삶이기 때문이다.

문득 내실 있는 산사 음악회로 유명한 어느 절의 주지 스님이 했던 이야기가 떠오른다. 깊고 높은 산속에 있는 그 절의 음악회에는 5천 명이 넘는 대중이 참여한다. 음악회가 호응받는 이유는 귀빈석이나 음악회의 흐름을 방해하는 축사 같은 '한 말씀'을 절대 마련하지 않기 때문이란다. 어느 해에는, 그 절이 속한 도의 도지사가 수행원 한 명과 함께 조용히 관람하고 다녀갔다는 사실을 뒤늦게 주지 스님이 알았다고 한다. 권세를 드러내지 않는 속마음이 기특하다.

'자존감'이라는 말이 많이 사용되고 있다. 이런저런 이유로 많은 사람의 자존감이 훼손되고 있는 모양이다. 특히 외부의 부당한 공격으로 자존감에 상처를 입는 경우가 많다. 하지만 또 다른 면을 생각해볼 필요도 있다. 혹시 과시, 허세, 우월, 교만, 의존, 인정 등의 언어에 갇혀, 이런 것들이 자존감이라고 착각하고 있지는 않은가. 다른 사람들과 비교하면서 우월감을 느끼거나 과시와 칭찬으로 존재감을 확인하려고 하지는 않은가. 내 삶을 왜 다른 이들의 시선과 평가로 인증하려는지 모를 일이다. 이것은 '착각'일 것이다. 《도덕경》에서 내가 좋아하는 글을 발췌한다.

최고의 완성은 마치 미완성인 듯하다.
최고의 곧음은 마치 굽은 듯하다.
최고의 기교는 마치 졸렬한 듯하다.
최고의 언변은 마치 어눌한 듯하다.[*]

언어가 곧 존재의 집이라면, 우리 시대는 자존감이라는 고통에 묶여 있지는 않은지 고민해야 한다. 《반야심경》의 구절을 덧붙인다.

뒤바뀐 헛된 생각에서 떠나라.
그 무엇을 구하지 말라.
그리하면 어떤 두려움과 불안이 깃들지 못할 것이다.

---

[*]   신영복, 앞의 책에서 재인용.

중의 장사는
이렇게
해야 한다

20여 년 전의 일이다. 당시 해남 대흥사 소속의 작은 암자에 머물고 있었다. 그 암자는 신심이 깊은 어느 서울 불자가 사재를 보시하여 만든 곳이었는데 살림이 매우 곤궁했다. 창건주는 수행하는 스님의 최저 생계를 위해서 몇 마지기의 논을 암자 이름으로 마련해주었다. 그래서 해마다 그 논을 경작하고 있는 분이 얼마간의 사용료를 쌀이나 돈으로 지불하고 있었다.

암자의 소임자로 들어간 첫해 가을, 경작자는 사용료로 얼마간의 돈을 가지고 왔다. 막상 앞에 펼쳐든 돈을 보니 몹시도 불편했다. 그는 비바람과 뙤약볕을 감내하면서

185   깨달음이 빛나고 있나이다

농사를 지었을 터였고, 나는 단지 생산수단을 소유하고 있다는 이유로 본의 아니게 지주가 되어 손발 한 번 움직이지 않고 돈을 받아야 하는 처지가 된 것이다.

먼저 차와 과일을 대접했다. 그리고 조금은 긴장한 그분과 농사에 대해 대화를 나누었다. 암자가 소유한 논의 소출량도 넌지시 물었다. 암자의 전임자가 계약한 금액대로 납부 영수증을 받았다. 그러고는 10만 원만 받고 나머지 금액은 돌려드렸다. 그러고 나니 마음이 조금은 가벼워졌다. 일하지 않고 거저 돈을 받아야 하는 심정이 그리 편하지만은 않았기 때문이다.

불로소득은 사회의 공정한 질서를 위해서 바람직하지 않다. 그리고 개인의 건강한 삶을 위해서도 좋지 않다. 일확천금처럼 내가 노력한 것에 비해 상상할 수 없을 정도로 크고 많은 대가와 결과를 바라는 것은 개인과 사회 모두에게 좋지 않다. 이른바 재테크라는 명목하에 '대박'을 꿈꾸는 풍조가 염려된다. 많이 배우고 똑똑한 사람들이 머리를 굴리며 하루아침에 어마어마한 돈이 생기기를 바라고 있다. 이런 사회 풍조 속에서 문득 바보처럼 재테크를 한 어느 한 사람이 떠오른다. 절집에서는 그를 '천진도인' 또는 '개간선사'라고도 부른다. 법명은 혜월이다.

그는 하루 일하지 않으면 하루 먹지 않는다는 '일일부작一日不作 일일불식一日不食'의 생활을 평생 실천하였다. 가는 곳마다 불모지를 개간하여 논밭을 만들었다. 그래서 '개간 선사'라는 별칭을 얻었다.

혜월 선사는 매우 천진하고 자비심이 넘쳤다. 까치와 까마귀 등 산새들이 날아와 혜월의 몸에 앉기도 했다고 한다. 함께 살았던 사람들의 생생한 증언이다. 1921년 61세의 나이에 혜월은 부산 금정산 선암사 주지를 맡았다. 이때도 그는 산지를 개간해 논을 만들려고, 문전옥답 다섯 마지기를 팔아 그 돈으로 일꾼들을 고용하고 밭을 일구었다. 그런데 혜월 선사의 설법에 정신이 팔린 일꾼들이 겨우 자갈밭 세 마지기를 개간하자 제자들이 불평했다.

"다섯 마지기를 팔아 겨우 세 마지기를 만들면 손해가 아닙니까?"

이에 그는 이렇게 답했다.

"다섯 마지기는 그대로 있고, 자갈밭 세 마지기가 더 생겼으니 좋지 않으냐?"

또 내원사에서는 이런 일도 있었다. 대중들과 함께 몇 해에 걸쳐 황무지 2천여 평을 개간하여 논으로 만들었는데, 이를 욕심내는 마을 사람의 요청에 따라 그 가운데 세

　　　　　　　깨달음이 빛나고 있나이다

마지기의 논을 팔게 되었다. 그런데 혜월 선사는 겨우 두 마지기 값만 받고 논을 팔았다. 제자들이 힐책하자 혜월 선사는 이렇게 말했다고 한다.

"논 세 마지기는 그대로 있고, 여기 논 두 마지기 값이 있어 논이 다섯 마지기로 불어버렸는데, 무슨 말이 그렇게도 많으냐! 중의 장사는 마땅히 이렇게 해야 한다."

혜월 선사의 재테크는 늘 이러했다. 우리들의 재테크는 어떠한가? 노력하지 않고 돈을 원한다. 노력한 만큼의 마땅한 돈을 원하지 않고 넘치게 원한다. 주택, 부동산, 가상화폐, 이런 것들을 놓고 이리 굴리고 저리 굴리면서 '대박'을 꿈꾼다. 우리에게 묻는다. 땀 흘리지 않고 뭘 원하는 게 옳은 일인가? 내 노력 이상으로 과도하게 뭘 원하는 게 옳은 일인가?

가르치며
저도
배웠습니다

모두들 안녕! 간달프 선생입니다. 이제 더위도 기운을 잃어가고 있는 것 같네요. 아침저녁은 선선하고 밤에는 조금 춥기도 합니다. 밤도 제법 모양새를 잡아가고 호두도 뜨거운 햇볕 아래 굵은 열매를 만들어가고 있지요.

작은학교 고운 벗님들! 재미없고 힘들었을 '철학' 수업 열심히 들어주어서 고맙습니다. 눈꺼풀을 무겁게 눌러대는 졸음을 간신히 참아가며 간달프 말 듣느라고 힘들었지요? 그러나 어쩌겠어요, 이 모두가 통과해야 하는 인생 수업이니 말입니다. 나무 관세음보살.

깨달음이 빛나고 있나이다

이제부터 여러분이 작성한 글을 보면서 철학 수업을 돌아보겠습니다. 코로나19로 인해 수업을 8회 정도 한 것 같습니다. 애초에 세운 계획에 크게 차질이 생겼지만 그래도 나름대로 열심히 공부했습니다. 인문학 공부는 많이 아는 것이 중요하지 않습니다. 단 한 줄의 문장이라도, 그 내용이 나의 뇌를 흔들고 심장을 울리면, 그게 바로 큰 공부의 소득일 것입니다. 그럼 이제부터 우리 작은학교 언니네들 한 분 한 분의 소감을 감상해볼까요.

먼저 려강의 소감입니다. 려강은 "배움도 많고 재미도 있었는데 왜 잠이 오는지 이해가 되지 않는다"라고 했군요. 하하하. 당연하지요. 이 세상에서 제일 무거운 게 눈꺼풀이라고 하잖아요. 간달프도 누군가의 강의를 들을 때는 많이 졸아요.

려강은 오래전에 기록된 가르침이 현재에도 적용된다는 게 신기하다고도 했습니다. 그래요. 그래서 '고전古典'이라고 하는 것이지요. 고전은 비유하자면 '오래된 거울'입니다. 거울은 아무리 오래되었어도 늘 지금의 나를 비추고 있기 때문이지요. 그런데 고전을 읽을 때 주의할 점도 있습니다. 글이 무엇을 말하는지 정확하게 파악하고, 그다음에는 오늘을 살아가는 지혜로 다시 해석해야 합니다. 새롭게 해석하는 힘, 이게 바로 공부이기 때문입니다. 공부란 그저 누가 말한 대로, 책에 기록된 대로 듣거나 암기하는 것이 아니지요.

려강은 또 "사랑할 때 진정으로 알 수 있다"라는 책 구절이 기억에 남는다고 했습니다. 책에서 읽은 구절은 내가 한 말이 아니지요. 하지만 그 글을 읽는 내가 확실하게 이해하고 가슴에 새기고 나의 체험으로 만든다면, 그 글은 곧 내가 한 말과도 같습니다.

나루는 한자를 몰라 수업에 어려움을 겪었다고 고백했습니다. 다른 학생들도 그렇게 말했지요. 단지 지식을 늘리는 차원에서 한자를 공부할 필요는 없습니다. 다만 고전을 제대로 읽기 위하여 어느 정도는 알아야 합니다. 이른바 기본적인 인문교양의 차원은 채워야 하겠지요.

나루는 공자의 '덕치'와 맹자의 '민본주의'에 관심이 기운다고 말했습니다. 현대사회는 지나치게 자본과 권력, 법률과 시스템에 의존하고 있습니다. 그럴수록 개개인의 마음가짐과 바른 태도가 중요할 것입니다. 덕이란 바로 그런 것이지요. 개개인의 인권과 행복을 위해 정치를 해야 한다는 맹자의 사상도 공자의 '덕'을 잇고 있습니다. 실상사 작은학교가 속한 실상사 공동체도 바로 개개인과 전체가 서

깨달음이 빛나고 있나이다

로 존중하고 존중받는 아름다운 세상을 만들고자 노력하고 있습니다. 현대사회의 중심 과제인 인권, 공정, 자유, 정의와 더불어 너그럽고 사랑이 넘치는 '덕'의 윤리가 함께할 때 세상은 아름답고 행복해질 것입니다.

다은이는 이번 간달프의 철학 수업이 본인이 생각한 철학과 달랐다고 했군요. 아마 작년에는 서양 철학을 공부한 모양입니다. 서양 철학, 참 어렵지요. 복잡합니다. 서양 철학자들은 단순한 메시지를 어렵게 말하고 간단한 내용을 복잡하게 말하는 취미가 있나 봅니다. 저도 서양 철학의 어떤 분야는 몹시 어려워요. 소크라테스, 플라톤, 아리스토텔레스, 니체 정도의 이름만 나오면 될 터인데 듣지도 못한 철학자들이 여기저기서 출현하지요. 들뢰즈, 데리다, 라캉, 소쉬르, 현상학, 구조주의, 해체주의… 관세음보살. 그러나 나중에 다은이가 다시 서양 철학을 공부하게 된다면, 작은 학교에서 들은 기억이 도움이 될 것입니다.

든든이는 소감문 첫 줄에 "평소라면 읽을 수 없는 책을 읽게 되었다"라고 썼군요. 그래요. 신영복 선생님의 《강의》는 많은 사람이 읽었지만 그렇다고 아무나 읽을 수 있는 책은 아닙니다. 생각하며 사는 사람, 나는 다르게 살겠다는 사람, 주어진 대로 사는 것이 아니라 생각하는 대로 살겠다는 사람, 나만 잘 사는 삶이 아니라 이웃과 더불어 행복하게 살겠다는 사람들만이 이 책을 읽습니다. 실로 이 책은 현대의 고전입니다. 간달프도 벌써 일곱 번째 이 책을 읽었군요.

든든이는 이 책에서 공자, 맹자, 노자, 장자, 묵자 선생님들의 말씀이 어려웠지만 생각보다 재미있었다고도 말했습니다. 바로 그렇습니다. '어려웠지만 재미있다'라는 바로 이 대목이 중요합니다. 우리는 쉬우니 재미있다, 혹은 내가 잘하는 것이어서 재미있다고 말합니다. 그러나 '비록 힘들고 어렵지만 재미있다'는 것도 존재합니다. 우리 모두 이 점을 깊이 생각해봅시다. 든든이도 려강과 같이 "사랑과 이해는 같이 간다"는 구절이 마음에 남았군요.

다음은 순아의 차례군요. 참 감회가 새롭습니다. 서너 살 때의 순아 얼굴이 새록새록 떠오르는데 이제 의젓한 학생의 모습으로 성장했군요. 순아는 《강의》라는 책을 절반 정도는 이해 못 했다고 했는데, 이런… 그럼 엄청 이해한 것입니다. 우리가 책을 읽을 때 전부를 이해할 필요는 없습니다. 그때그때 알 수 있는 부분을 깊이 생각하고, 나의 마음과 생활의 거울로 삼으면 됩니다. 공부는 지식을 많이 쌓는 일이 아닙니다. 많이 알기보다 제대로 알아야 합니다. 그 앎이 내 생활이 될 때, 공부가 된 사람이라고 말합니다.

깨달음이 빛나고 있나이다

'학이불사즉망學而不思則罔 사이불학즉태思而不學則殆'라는 《논어》의 구절을 순아는 외우고 있군요. 이 구절이 첫 수업의 숙제인지라 긴장하고 성실하게 외웠던 모양입니다. 이 구절을 다시 상기해봅시다. 책을 많이 읽고 지식을 쌓더라도 그 지식과 책의 내용을 이리저리 깊이 사유하지 않는다면 별로 소득이 없다는 뜻이지요. 또 반대로 체계적으로 학문을 하지 않은 채 이리저리 사색만 하고 논리를 세우지 못한다면 그 사람의 주장과 생각은 매우 편협하고 위험할 수 있습니다. 지식과 사색의 조화가 중요하다는 뜻입니다.

현수는 "철학은 무엇인가?"라는 질문에 대해 스스로 명쾌한 답을 내놓았습니다. "철학은 생각하는 힘이다. 내가 내린 결론이지만 자기 주장만 고집하는 것이 철학은 아닌 듯하다. 여러 가지 입장에서 생각해보고, 보다 깊이 생각해보고, 계속 고뇌하는 것이 철학이 아닐까 한다."

그렇습니다. 우리가 다르게 살고자 한다면, 동일한 사물이나 사건에 대해 다르게 생각해야 하고, 그런 힘을 길러야 합니다. 생각하는 힘이 바로 철학입니다. 가령 '행복'을 하나의 정의와 개념으로 한정한다면 이는 철학하는 태도가 아닐 것입니다. '나의 행복은 이렇다'라는 주체적인 사고와 입장, 태도를 가지는 사람이 바로 철학자이고, 개념 있는 사람입니다.

그런데 현수가 간달프에게 제법 무거운 질문을 던졌군요. "인간은 죄를 짓지 않고 살아가는 것이 불가능한 것 같다." 또 "살아 숨 쉬는 자체가 죄가 아닌가" 하고 묻습니다. 그렇다면 죄란 무엇일까요? 통상적으로 남에게 고통을 주는 행위를 죄라고 하지요. 또는 어떤 규칙을 어기는 일을 죄라고 합니다. 죄라는 말이 무겁다면 실수나 허물이라고 말할 수도 있겠군요. 그런데 생각해봅시다. 누가 실수하지 않고 살 수 있을까요? 이런저런 허물을 저지르지 않고 사는 사람은 없습니다. 지나친 책임감, 도덕관, 완벽하려는 태도 등은 좋은 것 같지만 실은 나와 이웃 모두에게 이롭지 않습니다. 정직하게 살고자 하는 태도는 좋은 것이지만 지나치게 완벽한 정직함을 추구할 때 그것은 자칫 '자기 억압'을 부르게 됩니다.

은범이는 수요일은 피곤해서 수업에 집중이 되지 않았다고 합니다. 다른 학생들 여러 명도 같은 말을 했습니다. 그래서 간달프가 차와 커피와 초콜릿의 힘을 빌렸지요. 은범이는 아마 중국 역사에 관심이 있었나 봅니다. 중국 고전을 가지고 수업을 했는데, 중국 역사를 어느 정도 알고 있

깨달음이 빛나고 있나이다

었기 때문인지 공부에 끌렸다고 말했군요. 또 "생각을 다르게 해본다"라는 말이 인상 깊었다고 했네요. 그렇지요. 다르게 생각해보면 다르게 보이고 다르게 살 수 있는 길이 열릴 것입니다. 은범이는 다음에는 삶과 연관된 책, 보다 쉬운 책으로 공부했으면 하는 바람을 말했습니다. 참고하겠습니다.

허금강은 매우 간단하게 소감을 발표했군요. 많은 예화와 사례를 들어 강의해주어서 이해하기 편했다고 했군요. 간달프의 자비와 덕을 닮고 싶다니… 에고, 관세음보살. 덕과 자비를 더 많이 쌓으라는 충고로 듣겠습니다. 가끔 깨달음을 얻게 하는 말을 들었다고 했는데, 어떤 말에서 울림을 받았는지 궁금하군요. 금강이는 철학 시간이 좀 길었으면 하는 바람이 있다고도 말해주었습니다.

백수민, 철학, 하면 어려운 이미지가 있었는데 마냥 그런 것만은 아니었다고 소감을 전해왔네요. '가장 심오한 진리는 단순하다'라는 말이 있습니다. 대개 부처님이나 예수님, 그리고 역대 성현들은 말을 참 쉽게 했습니다. 지식이 많든 적든 관계 없이 대중들이 잘 이해하고 감동받을 수 있게 말씀하셨지요. 그런데 후대에 연구하는 철학자들이 굉장히 어렵게 말을 해요. 그래서 철학은 어렵다고 생각하기도 합니다. 철학자들의 뇌의 구조는 보통 사람들과 다르다고 생각하기도 합니다. 그러나 철학은 늘 새롭게 생각하는 눈이고 힘입니다. 시인 폴 발레리는 이렇게 말했습니다. "주어진 대로 살 것인가? 생각하면서 살 것인가?" 여러분은 어떻게 사실 생각입니까?

장자는 참 재미있습니다. 많은 예화를 통해서 우리의 기존 관념과 습관을 깨뜨립니다. 상징, 비유, 조롱, 질타 등을 통해서 어리석은 우리 모두를 일깨웁니다. 중국에서 노자와 장자는 참선하는 불교, 그러니까 선종과 더불어 삶에 자유의 날개를 달아주었습니다. 수민이는 나중에 장자의 예화를 많이 읽어보시기 바랍니다.

오! 이번에는 김민의 차례군요. 철학이 민의 인생에 조금 영향을 끼쳤다고 고백했군요. 참 반가운 소식입니다. 이게 바로 깨달음이에요. 예전에는 이렇게 생각했고, 이렇게 사는 것이 맞는다고 생각했는데, 그런데 그런 생각이 바뀐 거예요. 그럴 때 우리는 세상을 바라보는 눈이 달라지고, 세상이 다르게 보이지요. 자연스레 살아가는 방식도 달라집니다. 참된 앎은 내 삶을 바꿉니다. 그러므로 '앎'과 '삶'은 손등과 손바닥의 관계입니다.

그리고 민이가 간달프에게 이런 부탁을 했네요. "스님

깨달음이 빛나고 있나이다

이 괴롭힌다는 표현을 쓰실 때가 있는데 그냥 (나와) 친해지고 싶다고 말씀해주셨으면 합니다." 하하, 명심하겠나이다.

아린이는 중학교 시절 한자를 조금 배워서 수업에 도움이 되었다고 했습니다. 간달프가 내준 책 읽기 숙제를 하는 날도 있고 하지 않는 날도 있었다고 합니다. 대개 다 그렇습니다. 간달프는 학교 다닐 때 숙제 안 하기로 1등, 학교 결석도 1등, 만화책 읽기도 1등, 교과서 외 다른 책 읽기도 1등, 선생님께 대들기도 1등을 차지하였습니다. 아, 그런데 수업 시간에 잠 자기 분야에서는 1등을 못했습니다. 선생님 말씀 잘 듣고 질문을 많이 했었습니다. 아린이는 앞으로 질문을 많이 했으면 좋겠습니다.

하승희, 《강의》를 꼬박꼬박 읽지는 않았다고 솔직하게 고백했군요. 정직한 고백이 마음에 듭니다, 관세음보살…. 성현들의 지혜를 함께 배우고 해석하는 것이 재미있다고 했으니 공부는 제대로 했다고 봅니다. 바로 그렇습니다. 공부는 해석하는 일입니다. 그래서 '주해注解'라는 말이 있습니다. 어떤 말씀에 자기의 견해를 다는 일입니다. 그럼 해석은 어떻게 해야 할까요? 그것은 누군가 어떤 말을 했을 때, 그 말을 자신의 삶, 혹은 우리 시대의 모습 등과 연결시켜 나름대로 자기 의견을 만드는 일입니다. 그래서 승희는 철학이 다소 어려웠어도 삶과 연결되는 것들이기에 마음에 다가왔다고 생각한 것 같습니다.

마지막, 제일 늦게 휜민이가 소감을 보내왔습니다. 휜민이는 수업 만족도가 매우 높았나 봅니다. 인상적이었던 책의 구절을 따로 필기할 정도로 마음에 많이 남았던 모양입니다. 그리고 간달프에 대해 매우 좋은 점수를 주었군요. 설명을 잘해주어 쉽게 이해되고 수업이 재미있었다고 합니다. 저도 칭찬을 들으니 기분이 매우 좋습니다. 휜민이가 쓴 "당연하게 생각했던 것들을 새롭게 바라보고 질문할 수 있도록 도와주었다"라는 말이 매우 인상적입니다. 거듭 말하지만 철학은 새롭게 보는 눈이고 힘입니다. 그런 눈과 힘을 얻으면 나는 '주체적인 인간'으로 탄생합니다. 주체적인 인간은 세상의 이런저런 유행과 말에 휘둘리지 않습니다. 그래서 나로부터 자유롭습니다. 또 자기 방식으로 세상을 사랑하는 법을 배울 수 있습니다. 철학은 주체, 자유, 사랑의 삶을 살게 합니다. 휜민이가 아쉬움을 표한 부분도 있군요. 모두가 함께 책을 열심히 읽고 참여하는 분위기를 만들었으면 하는….

깨달음이 빛나고 있나이다

이제 평을 모두 마칩니다. 여러분과 함께 공부하며 간달프도 많이 배웠습니다. 가르치면서 배운다는 말이 맞는 것 같습니다. 한 가지, 여러분에게 부탁하고 싶은 말이 있습니다. 모두들 글을 쓰는 실력을 키웠으면 합니다. 여러분들의 생각은 깊고 참신합니다. 그런데 글로 표현하는 능력이 부족한 것 같습니다. 생각, 말, 글은 하나입니다. 글쓰기를 통해서 생각을 가다듬고 깊이를 더할 수 있습니다. 글쓰기를 잘하려면? 비법은 없습니다. 그저 많이 읽고, 관찰하고, 경험하고, 생각하고, 써야 합니다.

그럼, 남은 방학 시간 성실하고 재미있게 보내십시오.

실상사 선우당에서
간달프 법인

신발 놓는 것만 봐도
마음가짐을
알 수 있다

새삼스러울 수도, 새삼스럽지 않을 수도 있는 새해를 맞는다. 숫자 하나 바뀌는 것이 그리 대단한 일은 아닐 듯하다. 그러나 진실하고 의미 있는 삶을 살아가고자 마음가짐을 새로이 한다면 늘 그곳이 새날이고 새해가 될 것이다. 2021년은 신축년이니 호시우행虎視牛行이라는 사자성어를 떠올려본다. 범처럼 노려보고 소처럼 걷는다는 말이다. 예리하고 세심한 통찰력, 성실하고 신중한 태도를 뜻할 것이다. 통찰과 태도, 이 두 단어의 속내와 지향은 각자의 몫이겠다. 어떤 이는 크고, 멀고, 넓고, 깊게 통찰하며 사회와 인류의 변화와 개혁을 위해 정진할 것이다.

그럼 나는 올해 어떤 태세로 호시우행의 길을 걸을까? 매우 작고 사소한 일들을 화두로 삼고자 한다. 당장 나와 함께 주변의 것들을 세밀하고 정밀하게 살펴볼 것이다. 그리고 세심하고 정성껏 실천할 것이다. '거시적으로 보고 미시적으로 행동하라'는 말이 있듯이 말이다.

나만의 호시우행을 염두에 두고 보니 평소에 무심하게 스쳐갔던 작은 일들이 눈에 들어온다. 오늘 아침 법석을 마치고 볼 일이 있어 종무소에 갔다. 출입문 앞의 신발들이 자로 잰 듯 가지런하다.

"이곳의 법우님들은 참 믿음직해요."

거두절미하고 대뜸 살림위원장 법우님에게 이렇게 말했다. 그러자 즉시, "저희들은 늘 신발을 말끔히 정돈하지요"라고 답한다. 눈치가 백단이다. 신발 정리에 대한 사연은 이렇다.

2019년 여름에 이곳 실상사에 왔다. 이후 지인들이 살기 좋으냐고 안부를 묻는다. 즉시 좋다고 답한다. 왜 좋으냐고 물으면 또 즉시 답한다. 첫째, 사람 때문에 마음 상하는 일이 거의 없다. 둘째, 대중들이 과소비하지 않고 검박하니 마음이 편하다. 셋째, 독서와 노동과 사유를 할 수 있는 최적의 환경이어서 좋다고 말한다. 정말 그렇다. 상식이 있고 서로를 배려하는 마음으로 사는 사람들과 살아가니 내게 이보다 복된 곳은 없다.

그런데 한 가지가 눈에 거슬렸다. 재가자 법우님들이 벗어놓은 신발들이었다. 스님들이 쓰는 공간과 확연히 다른 모습이었다. 어지러이 놓인 신발을 볼 때마다 말을 할까 하다가 잔소리로 비춰질 것 같아 말하지 않았다. 대신 방문 앞에 흐트러진 신발이 보이면 내가 바로 놓았다. 수시로 그렇게 했다. 이쯤 하면 눈치를 채고 정돈을 하겠지, 했는데 영 약발이 없다. 명색이 교육도량인 작은학교도 신발 정돈 상태가 보기에 영 민망했다. 상상과 창의력이 자유분방해야지, 신발이 자유 방종하면 어찌하나. 관세음보살….

보다 못해 선생님들과 차담을 하면서 조목조목 지적했다. 교육이란 보고 배우는 것이며, 몸가짐이 곧 마음가짐이며, 하나를 보면 열을 알 수 있고, 세 살 버릇 여든까지 가고, 자유와 질서를 혼돈하지 않아야 하고, 밖에서 오신 분들이 어지러운 신발들을 보면 어찌 생각할 것이며… 주절주절 지적했다. 얼굴에는 미소를 머금되, 고요하고 낮은 목소리로 말했다. 그럼에도 분위기는 썰렁하고 철렁했다. 하지만 서로가 감정 상하지 않으려고, 혹은 이런 사소한 일을 굳이 말해야 하나, 라는 생각에 머물러 말을 아낀다면 이건 사랑

깨달음이 빛나고 있나이다

이 아니다. 좋은 일만 칭찬하거나 격려하는 것은 사랑이 아니다. 불편한 일도 거론하면서 탁마하고, 그러면서 서로 배움이 일어나고 성숙하는 과정과 결실이 바로 사랑이다.

선생님들과 차담을 하고, 이후 내가 가르치고 있는 4학년(고등학교 1학년에 해당한다) 학생들과 매우 사소한 일들에 관해 의견을 나누었다.

"여러분, 성철 스님이 '산은 산이요, 물은 물이로다'라고 말씀하셨지요. 간달프는 이 문장을 이렇게 응용해보고 싶어요. '큰 것만 큰 것이 아니요, 작은 것이 하찮은 것이 아니다'라고 말이에요."

이렇게 그럴듯한 화두를 던지고 신발과 인사에 대해 설명했다. 공부란 크고 작든 간에 무엇이든지 유심히 살피는 일에서 시작한다고, 우리가 사소하다고 생각하는 작은 것들도 마음의 반영이라고, 세상 만물과 일은 크고 작음에 관계 없이 그 자체로 의미와 내용을 담고 있다고 말했다. 그리고 물었다. 흐트러진 신발은 어떤 마음 상태의 반영이겠는가? 학교에 오시는 분들 중에 내가 아는 사람에게만 알은체한다면 도리에 맞겠는가?

그리고 공동체 전체 식구들이 모이는 월요일 법석 자리에서도 신발 문제를 거론했다. 지적하는 일은 언제나 조심스럽다. 사용하는 언어와 표정을 세밀하게 신경 써야 한다. 비록 옳은 말이고 좋은 취지로 말하더라도, 지적하고 난 후에는 마음이 늘 조심스럽다. 이후 각 공간에 놓인 신발들에는 확연히 변화가 있었다. 그중 종무소가 으뜸이었다. 대개 사소하다고 생각하는 것들을 지적하고 고치자고 해도 흐지부지되는 경우가 많다. 지적을 마음 깊이 들어준 분들이 고마울 뿐이다.

신발에 대해 탁마하고 난 몇 달 후, 요즘 작은학교의 신발 상태는 대체적으로 우수하다. 중학생들은 좀 허술한 편이지만 고등학생 수업을 할 때 보니 신발 상태가 매번 깔끔하다. 그래서 넌지시 말했다.

"오! 신발들이 예쁘게 놓여 있네."

그러자 학생들이 일제히 큰 소리로 합창한다.

"조, 고, 각, 하!"

조고각하照顧脚下가 무슨 말인가? 비출 조, 돌아볼 고, 다리 각, 아래 하. 회광반조回光返照와 함께 선종에서 많이 쓰는 언구로 자기 발아래, 즉 자기 마음 상태를 늘 살피라는 뜻이다. 절의 댓돌 아래에도 '조고각하'라는 표식이 새겨져 있다. 일차적인 의미는 신발을 가지런히 놓으라는 말이지만 나아가 신발 벗는 일과 마음 살피는 일이 하나라는 뜻이 담겨 있다. 시시처처에 조심조심하라는 뜻이다. 그렇다. 몸가짐과 마음가짐이 결코 둘이 될 수 없다. 그러므로 작고 적은 것이 하찮은 일이 아니다. 의미를 담고 정성을 다하면 작은 것도 크게 빛나고 적은 것도 넉넉해진다.

절집에서는 작은 일에 주의하고, 조심하고, 경건한 삶을 사신 노스님의 일화들이 전해져 내려온다. 그중 한 분이 해인사의 지월 스님이다. 성철 스님이 가야산 호랑이라면, 지월 스님은 가야산의 천진도인이다. 굳이 절집 족보를 따진다면 내게 지월 스님은 내 스승의 사형이니 큰아버지라고 할 수 있다. 지월 스님은 매사에 검박하고 소탈하고 천진무구했다고 한다. 또 어떤 물건도 소홀하게 대하는 법이 없었다고 한다. 절집에는 "시주 것 무서운 줄 알아야 한다"는 옛말이 있다. 절집의 크고 작은 모든 재화들은 세간 사람들의 노동과 땀이라는 것이다. 낭비가 심한 요즘 절집에서는 이제 이 말도 자주 사용하지 않는다. 그러나 지월 스님을 모시고 수행한 도법 스님의 말에 따르면 스님은 넘치는 것도 아껴 쓰며 늘 이렇게 말씀하셨다고 한다.

"흐르는 물을 아껴 쓰면 용왕님이 보호하고, 땔나무를 아껴 쓰면 산신이 보호한다."

흔해서 넘친다고 생각할 수 있는 물과 마른 나뭇가지

도 함부로 대하지 않은 지월 스님의 살핌과 마음씀에 절로 고개를 숙이게 된다.

송광사의 취봉 스님은 또 어떠했던가? 취봉 스님은 지금도 송광사 스님들의 귀감이고 사표師表이다. 무소유, 즉 최소한의 소유로 자족하고 당당했던 스님을 꼽으라면 나는 취봉 스님을 말할 것이다. 또 상相이 없는, 즉 뽐내지 않고 자의식 없는 스님을 말하라면 이 또한 취봉 스님이다. 복이 많게도 나는 사미승 시절 취봉 스님을 간간이 옆에서 시봉했다. 스님에 대한 후학들의 감동과 감화 대부분은 일상의 매우 사소한 것들에서 얻은 것이다.

취봉 스님은 특히 공과 사를 엄격하게 구분했다고 한다. 법정 스님의 글에 그런 일화가 소개되어 있다. 어느 때 스님이 심한 감기에 걸렸다. 제자 스님이 감기 치료에 좋은 약을 달이려는데 생강이 없었다. 그래서 공양간에서 몇 개 얻어 사용했다. 나중에 이를 안 스님은 제자를 나무랐다. 사중의 공물과 개인의 사물은 엄격하게 구분해야 한다며, 시장에서 생강을 구입해서 공양간에 주라고 시켰다. 아무도 생강 몇 개 사용한 것을 염두에 두지 않았을 것이다. 그러나 취봉 스님은 아무리 작은 것이라고 해도 공사의 구분을 중요시한 것이다. 스스로에게 엄격한 모습은 보는 이에게

깨달음이 빛나고 있나이다

는 엄숙함을 느끼게 한다. 스승님들의 삶이 이러했으니 후학인 나는 소박하고 자신에게 정직했던 옛 스님들을 거울 삼아 매사에 고마운 마음, 미안한 마음을 잘 간직하고 표현하려 한다. 무엇보다도 내 속의 뜻을 정직하고 세심하게 살펴 감정과 의도를 잘 다스려야겠다.

'호시우행'이라는 옛말을 이어 받아 나는 '사소의중事小義重'이라는 사자성어를 만들었다. 아무리 작은 일이라도 무겁고 귀중하게 여기겠다는 다짐이다. 이렇게 말하고 나니 문득 옛적 기차 안에서 겪은 감동이 떠오른다. "스님, 이거밖에 드릴 게 없네요" 하며 따뜻한 두유 한 병을 건네던 어느 보살님의 소박한 미소를 생각한다. 그때 정성스레 건네준 두유를 손에 쥐고 이런 생각을 했다. '내가 선 자리가 늘 조심스럽고 무겁구나.' 내게는 그런 작은 풍경들이 나를 비추는 거울이다.

사물과 일상에 진실이 있다[卽事而眞].
사사건건 진실하게 소통하면 만사가 평화롭다[事事無碍].

세상 이치가 이러하니, 작은 것들의 귀함이 어찌 사물에만 있겠는가? 사람의 귀함도 그러하다.

보고 싶은
것만 보고,

듣고 싶은 것만 들으면

이번주 월요일 법석 자리에서다. 두루 소감을 말하고 마지막 도법 스님 차례.

"지난주에는 서진암에서 금대암으로 이어지는 길을 새로 만들어보려고 걸어봤습니다. 그런데 막상 산길을 헤치고 가보니 매우 거칠고 험해서 난감했습니다."

더 설명하면 이렇다. 지리산에 있는 크고 작은 절들을 둘레길로 개척해보려고 실상사에서 서진암이 있는 맞은편 산을 바라보고 대략 수평선을 그려봤던 것이다. 알다시피 둘레길은 정상을 향해 올라가는 등산이 아닌 만큼 높낮이가 심하지 않고 무난해야 한다. 그런데 막상 가보니 이쪽에

깨달음이 빛나고 있나이다

서 보고 생각했던 것보다 그쪽의 사정이 크게 달랐다. 경사가 심할뿐더러 험한 바위도 많고 거칠었던 모양이다. 도법 스님의 말씀을 듣고 생각해보았다. '그렇지. 어디 숲길만 그러하겠어. 우리네 인생도 그러하지.'

'이쪽의 생각, 저쪽의 사실!' 우리가 살아가면서 자주 경험하는 차이다. 우리는 이곳에 서서 저곳은 이러이러할 것이라고 생각하는데, 막상 가보면 그곳의 사정은 크게 다른 경우가 많다.

아주 오래전, 대략 30대 중반에 겪은 일이다. 서울에서 오신 몇 분과 자리를 함께했다. 주로 경전과 자연을 소재로 대화를 나누었다. 그런데 대화 중간에 한 분이 조심스레 물었다.

"저, 스님이 그 법인 스님이 맞으세요?"

"네? 그 법인 스님이라니요?"

그분은 그간 내가 참여했던 모임과 활동을 거론하면서 그때 그 법인 스님이 맞느냐고 물었다.

"네, 맞습니다. 왜 그러세요?"

"그동안 생각만 해오던 스님을 뵈니 무섭게 생기지 않으셨네요. 말씀도 참 재미있고 부드럽게 하시네요."

아니, 내가 무섭게 생겼다고 생각했다니. 알고 보니 세간과 종단의 부조리에 항의하거나 시위하는 기사와 글을 보고 나를 전투적인 강성 이미지로 짐작했던 것이다. 나는 가볍게 웃었다.

"하하. 현장에서 현품을 대조해보니 괴물이 아닌 것이 증명되었나요?"

또 세간의 이웃들을 만나면 종종 듣는 말이 있다. 스님들은 참 좋으시겠다고. 아무런 근심 걱정 없이 살아갈 수 있지 않느냐고. 그런 말씀을 하시는 분들께 나는 서너 달만 절에 머물러 살아보시라고 말한다. 막연한 생각과 현실이 결코 같지 않음을 알 수 있을 것이다. 크고 작은 어려움과 인간관계의 갈등과 불화가 절에도 존재한다. 하늘 아래 어느 땅도 바람과 소나기가 내리지 않는 곳은 없다. 다만 그 비바람을 어떻게 마주하고 사느냐의 차이만 있을 뿐이다. 또 이렇게도 말한다. 스님들은 돈이 필요 없지 않느냐고. 부양할 처자식도 없고 무소유 정신으로 사시는데 돈 쓸 일이 뭐가 있겠느냐고 말한다. 이런 차이와 괴리는 현장을 살피지 않고 자기가 처한 환경에서 나름의 생각으로 판단하기 때문에 생긴다. 그곳에서 가늠한 막연한 생각이 사실과 어긋난다는 것을 이곳에 오면 금방 알 수 있다. 때때로 당연

깨달음이 빛나고 있나이다

한 말은 막연한 말이 되고 막연한 말은 무책임한 말이 된다.

삶의 현장을 그저 풍경으로만 보는 사람들을 만나면 조금 쓸쓸한 기분이 든다. 가령 도시에 사시는 분들이 농촌에 와서 이런 말을 한다. 나도 도시를 떠나 농사나 지으면서 한가하고 평화롭게 살고 싶다고. 정말이지 현실을 몰라도 한참을 모르고 하시는 말씀이다. 그들이 차를 타고 지나가거나 가끔 둘레길을 걸으면서 보는 시골 풍경이 그들 눈에는 그림으로 보일지 모른다. 그러나 먹고, 입고, 자식들을 키우며 살아가는 시골의 삶은 힘에 부친다. 이쪽의 속사정을 모르면 그쪽의 생각은 늘 그저 생각일 뿐이다.

한편 대안을 생각하고 공동체를 가꾸는 사람들의 모임에서 들었던 어느 분의 항변도 생각난다. 대안 공동체의 취지와 실제 경험을 설명하는 사람들은 대개 도시의 힘든 삶, 자본과 위계의 사회를 비판한다. 그리고 농촌으로 내려와 새로운 마을을 이루고 있는 자신들의 결단을 설명한다. 또 예전의 삶터인 도시에서 느껴보지 못한, 귀촌해서 살아가는 일상의 소소한 즐거움을 자랑한다. 이른바 자연과 마을에 대한 예찬이다. 그런데 설명이 끝나자 40대 초반의 청중한 분이 말한다.

"이런 대안 공동체 설명회에 다니면서 드는 몇 가지 의

문이 있습니다."

그분의 의문은 이렇다. 이런 모임에서 경험자의 말씀을 듣다 보면 대안 공동체는 완전하고 흠결이 없는 유토피아 같다는 생각이 든다고 한다. 분명 공동체에도 갈등과 어려움이 있을 터인데 그걸 진솔하게 말하지 않고 그저 "좋다, 좋다, 좋다"만 하느냐는 것이다. 아파트로 상징되는 도시에서의 삶은 늘 삭막하고, 인정 없고, 재미없고, 긴장과 압박만 가득하고, 다툼만 있고, 그리하여 숨도 편히 못 쉬고 사는 것마냥 말하느냐고 항변한다. 그러고는 아파트에도 이웃이 있고, 직장에도 웃음이 있고, 인정과 사랑의 관계가 있다고 예를 들어가며 설명한다. 당신들의 말을 듣고 있노라면 마치 도시에 사는 사람들은 온통 의미 없고 가치 없는 삶을 살아가는 느낌이 든다며 말이다.

"아파트와 도시에서도 사람들은 숨을 쉬고 이웃들과 나름 정답게 살아가고 있습니다."

그때 이런 생각이 들었다. 아하! 우리들의 '금 긋기'는 여기에서도 존재하는구나. 세상 일이란 게 무 잘라내듯 나눌 수 없는 일인데 말이다. 너무도 쉽게 이쪽과 저쪽을 구분하고, 이쪽의 삶은 이렇고 저쪽의 삶은 저렇다고 단언했구나, 하는 반성이 일어났다. 우리는 도시와 지역, 보수와

진보, 자본과 자연 등의 단어로 삶을 나누고 단언하고 재단한다. 그런데 그렇게 쉽게 단언하면 더 이상 어떤 여지가 설 자리가 없어진다. 삶의 일상과 실상은 두 개로 쪼개거나 하나의 단어로 규정할 수 없다. 이쪽에서 바라본 저쪽에 이쪽에서 생각하는 모습만 있는 것은 결코 아니다.

각종 시위를 바라보는 우리들의 생각과 현장의 현실은 어떠한가? 철거민, 성폭력피해자, 산재사고피해자 들의 항변과 시위에 대하여 우리는 어떤 시선으로 바라보고 있는가? 편견과 편향으로 정작 그들이 말하고자 하는 본심을 알아보지 않으려는 것은 아닌가. 또 처음에는 관심을 갖고 동조하다가 시위 기간이 길어지거나 다소 거친 모습이 표출되면 "이제 그만 하지"라며 피로감을 운운하고 거부감을 보이지는 않았는가. 그러나 그쪽의 현장에 가보면, 그들이 거칠어지고 오랜 시간 시위할 수밖에 없는 사정을 알게 된다. 그러니 이쪽의 생각이 아니라 당사자의 심정이 되어 그쪽을 바라보고 귀를 기울여야 할 것 아니겠는가.

그러니 실사구시實事求是라는 말을 다시 새겨본다. 의역하자면, 현장에서 사정과 사실을 편견 없이 잘 살펴보고 진실을 세운다는 뜻이라 하겠다. 어렴풋이 들은 지식, 몇 개의 이미지와 경험의 조합, 나의 정서적 취향 등으로 저쪽의 현장에 대해 섣부르게 짐작하거나 단언하지 말라는 뜻이다.

경전에 있는 새끼줄과 뱀에 관한 이야기가 떠오른다. 어떤 사람이 길을 가다가 멀리 떨어진 곳에 있는 뱀을 보고 화들짝 놀랐다. 그런데 가까이 가보니 그건 뱀이 아니라 새끼줄이었다. 평소 뱀을 보고 놀랐던 기억이 재생되어 새끼줄을 뱀으로 보게 된 것이다. 이처럼 우리는 늘 우리가 해석한 경험을 경험하고 있는 셈이다. 이쪽에서 해석한 경험으로 저쪽을 보고 해석하는 것이다. 일상 속 오류는 이렇게 발생한다. 그러니 오직 편견 없는 시선과 현장에서의 경청이 이해와 소통을 부르는 답일 것이다.

깨달음이 빛나고 있나이다

막히면 아프고,
소통하면
안 아프다

코로나19가 오랫동안 계속되면서 저자에 나갈 일이 많이 줄었다. 더구나 지난겨울은 더욱 한적했다. 작은학교 인문학 교사인 내게는 매 학기마다 과목이 주어진다. 그러나 겨울방학에는 수업이 없다. 방학을 맞아 학생들은 각기 집으로 돌아갔다. 시간이 넉넉하고 넘치니 조금 무료하다. 왠지 심신에 활력이 없어지려 한다. 심심파적할 만한 무언가를 찾아 생기를 충전하고 싶었다. 그래서 작은학교 학생들에게 도움을 청했다.

"우리 공부하자."

실상사가 자리한 산내면에 집이 있는 학생들은 나와

가까운 이웃이다. 이들에게 겨울방학 특별수업을 해보지 않겠느냐고 제안한 것이다. 의도는 심심파적이었지만 명분은 교학상장이었다. 가르치면서 배운다는 뜻이다. 과목은 《사자소학》이다.

예부터 《사자소학》은 《천자문》을 마치고 《명심보감》이나 《동몽선습》을 공부하기 전에 익혔던 학습 도서였다. 작자 미상의 책으로, 주자 선생의 《소학》과 다른 경전 중에서 아이들에게 필요한 내용을 뽑아서 만들었다. 구성은 사자일구四字一句로 되어 있으며 부모님에 대한 도리, 부부의 도리, 형제 간의 도리에 대해 말하고 있다.

지금 작은학교에서 교재로 사용하는 《사자소학》은 교육, 생태, 여성에 대한 연구와 실천을 하고 계시는 김정희 선생이 시대에 맞게 편찬했다. 일면식이 없는 분이지만 고맙다. 학생들을 가르치면서 이 교재가 많은 도움이 된다. 사실 그동안 가르치면서 몇 군데가 마음에 걸렸다. 지금 시대와 맞지 않고 오해를 불러올 수 있는 구절이 있기 때문이었다. 그때마다 나름 적절하게 해명과 해석을 했지만 늘 개운하지가 않았다.

김정희 선생이 새로이 구성한 구절들을 소개하자면 다

깨달음이 빛나고 있나이다

음과 같다. 먼저 성차별주의 문구는 빼고 고쳐 성평등을 지향했다. 예전 교재는 "아버지 나를 낳으시고[父生我身] 어머니 나를 기르셨도다[母鞠我身]"로 시작한다. 그래서 교재대로 한자의 뜻과 음을 가르치고 해석하면 어김없이 학동들이 손을 번쩍 든다.

"스님 선생님, 말도 안 돼요. 왜 아버지가 나를 낳으셨나요? 어머니가 나를 낳으셨지."

간혹 이런 말을 하는 학동도 있다.

"우리 집은 엄마가 회사 가고 아빠가 살림과 육아를 담당하고 계시는데요."

그야말로 개시난감이었다. 그때마다 예전의 문화를 들어 설명하면서도 구차했다. 그런데 지금 교재는 "부모님이 나를 낳아주시고[父母生我] 부모님이 나를 기르셨도다[父母育我]"로 고쳐두었으니 이제는 개시순항이다.

또 "무릎 앞에 앉지 말고 어버이의 얼굴을 우러러 보지 말라. 모름지기 큰 소리로 웃지 말고 또한 큰 소리로 말하지 말라"라는 구절은 삭제됐다. 이제는 사랑의 표현과 방식이 바뀌었으니 오해의 소지가 있는 말은 빼는 것이 좋다.

새롭게 추가한 것도 있다. "유년운동은 평생보약이니라"는 인터넷에 빠져 몸을 움직이기 싫어하는 세태를 반영

한 것이다. 또 "천지의 은혜에 대해 감사한 후 먹어라"라는 구절이나, "지나치게 (TV를) 시청하지 말라, 부모님께서 걱정하시느니라"라는 구절은 시대의 대안과 문화를 염두에 둔 것이다.

온고지신, 그리고 법고창신이라고 했다. 이제는 전해 오는 것들의 취지를 살피되 새로운 내용과 형식이 필요하다. 이것이 바로 시대와 시대가 소통하는 길이다. 그리고 새로 쓴 《사자소학》에는 '부모의 도리'도 새로이 추가됐다. 부모와 선생은 가르치는 자이지만 지배하는 자가 아니다. 자녀와 학생은 보호받고 배우는 자이지만 지배당하는 자가 아니다. 그러니 마땅히 부모와 선생의 도리가 있어야 한다.

이제 작은학교 교실 풍경을 감상해보자. 공부하면서 나와 학생들이 합의한 약속이 있다. 뭐든 하는 것같이 하자. 살짝 체험만 하지 말고 확실하게 수확하자. 힘들고, 지루하고, 하기 싫고, 익숙해서 해이해지려는 시간을 통과하자. 재미있게 웃으면서 공부하자. 학생들은 고맙게도 이런 취지를 이해하고 잘 따라주고 있다.

"여러분, 공부에는 생략과 건너뛰기와 지름길이 없습니다. 한 발, 한 발, 또 한 발, 성실하게 걸어가야 합니다."

깨달음이 빛나고 있나이다

이런 말을 적절한 시기에 해야 학생들이 다시 마음을 가다듬는다. 적기간섭은 평생보약이니라.

이제 학생들은 제법 한자 공부에 재미를 보고 있는 듯하다. 처음에는 월화수목금토일과 자기 이름 세 자를 합해 아는 한자가 열 자라고 우스갯소리를 했는데, 이제는 대략 200자 정도는 아는 것 같다. 또 무심하게 사용하는 일상 용어가 실은 한자로 되어 있음을 알고, 단어의 뜻을 알아가는 배움이 기쁜 모양이다. 예를 들면 이렇다. '부모님이 나를 기르셨도다'의 '부모육아'를 읽다가 기를 육育 자가 들어가는 단어를 나열하면서 한자를 익힌다. 그러면 줄줄이 말한다. 체육, 육성, 훈육, 발육… 그러다가 엉뚱한 데로 빠지기도 한다.

"아, 저도 하나 생각나요, 육포!"

아마 마른 고기를 먹으면 성장할 거라고 그리 생각했나 보다. 에고, 관세음보살….

《사자소학》은 단순하게 한자를 익히는 공부가 아니다. 문장에 담긴 옛 사람들의 정신과 생활을 배우는 공부다. 이를 오늘 우리의 삶과 연결하여 새로 해석하고 그 정신과 태도를 실천하는, 진정한 의미로서 고전을 공부하는 것이다.

가령 '제사지례祭祀之禮 무수다식無需多食 비유선조非有
先祖 아신갈생我身曷生'이라는 구절이 있다. '제사를 지낼 때
는 굳이 많은 음식을 필요로 하지 않는다. 선조들이 없었다
면 지금의 내 몸이 있겠는가'라는 뜻이다. 문장을 공부하려
니 잠시 난감해진다.

요즘 세대에게 제사의 의미가 어떻게 다가올까? 전통
과 형식과 의무 이상의 그 무엇이 있을까? 이럴 때 상상력
과 창의력이 필요하다. 학생들에게 물었다. 너희들은 어떻
게 이 땅에서 태어나고, 어떻게 여기서 공부하고 있느냐고.
학생들이 답한다. 부모님이 계시고 조부모님이 계셔서 그
렇다고 한다. 나는 다시 생물학적인 '나'와 생활하고 있는
'나'를 넘어서 우리가 어떻게 이곳에서 살아가고 있는지 물
었다. 그리고 설명했다.

"실은 말이다, 1980년대에는 이런 일도 있었단다. '장
발 단속'이라는 것이 있었는데, 경찰이 자를 가지고 남자들
의 머리카락을 재본 뒤 만약 기준을 벗어나면 파출소로 데
리고 갔단다. 또 여자들의 치마도 기준보다 짧으면 거리에
차단막을 치고 가두어 두었단다. 이뿐만이 아니야. 노래 가
사도 정부의 마음에 들지 않으면 금지했단다. 그러니 지금
우리가 공기처럼 누리는 표현의 자유와 다양한 요구, 그리

깨달음이 빛나고 있나이다

고 선택은 거저 얻은 것이 아니라는 것이지.

나와 연결된 시간과 시대를 생각해보자. 일제 강점기, 해방 공간, 남북 전쟁, 빈곤을 넘어서려 했던 산업화 시대와 독재 시대, 인간의 자유와 존엄을 회복하고자 했던 민주화 시대, 그리고 미혹의 문명을 넘어 깨달음의 새로운 대안 문명을 찾으려는 지금. 그러니까 대안학교인 이곳 작은학교에 있는 우리 모두는, 이렇게 혈연의 부모와 조상을 넘어 과거 세대와 연결되어 지금 이 자리에 있는 것이다. 이것을 부처님은 '연기법'이라고 했고 '인드라망'이라고 했다. 그러므로 제사는 지금의 나와 우리를 있게 한 세대에 대한 고마움이고 추모라고 하겠다. 다른 말로 하자면 윗세대와의 대화라고 할 수 있겠다. 오늘날 제사는 이렇게 해석할 수 있겠다."

이야기를 듣는 학생들 모두 눈이 빛나고 표정은 자못 진지하다. 학생들을 가르치는 일은 내가 어린 세대에게 말 거는 방식이다. 일상에서 얻은 주제를 가지고 대화하니 알차고 보람차다. 이렇듯 공부는 대화의 최고 방편이고 기술이다.

나와 같은 보람을 느꼈으면 하는 바람으로, 학생들에

게 고대 의학서 《황제내경》의 한 구절인 '통즉불통通則不痛 불통즉통不通則痛'을 집에 써 붙이고 부모님들에게 설명해 보라는 숙제를 냈다. 소통하면 아프지 않고 소통하지 않으면 아프다, 라는 뜻이다. 몸도 그렇지만 친구와의 사이도, 가족도, 직장도 같은 이치이니, 이를 주제로 부모님과 대화해보라고 했다.

자녀와는 도통 말이 통하지 않는다는, 대화를 할 수 없다는 어른들도 많다. 어른들에게 조언한다. 우리 제발 대화 좀 하자고 자녀에게 사정하거나 들이대지 마시라. 서로 정답고 의미 있게 말이 오고 갈 수 있는 방법을 찾아보시라. 아! 그러기 전에 왜 자녀들이 대화하지 않으려는지 자기 점검부터 하셔야 한다. 꼭 그러셔야 한다.

깨달음이 빛나고 있나이다

나를

머물게 하는

문장들

사람은 저마다 살아가는 즐거움이 있다. 붓다는 자신을 괴롭히는 탐착과 번뇌를 떠나 고요한 마음의 경지에 머무는 즐거움을 말했다. 나아가 즐거움과 괴로움이라는 관념과 감정을 떠난 마음자리에 머물 때 더없는 복락이라고 했다. 《논어》에서 공자는 삼락三樂을 말하고 있다. 늘 배우고 익히는 즐거움, 좋은 벗들과 교유하는 즐거움, 남이 알아주지 않더라도 마음이 평정심을 유지하고 자족하는 즐거움이다. 즐거움은 곧 생의 가치이고, 존재의 의미라 하겠다.

나에게도 여러 가지 즐거움이 있지만 세 가지 즐거움을 꼽으라면 즉시 답할 수 있다. 글을 읽고 마음이 열리는 즐거움이 있다. 산을 오르고 길을 걸을 때 호흡하는 즐거움이 좋다. 그리고 틈틈이 밭에서 일하며 몸을 쓰는 즐거움을 누리고 있다. 이 기쁨들은 내가 기꺼이 마음을 내면 절로 얻는 즐거움이다. 이 세 가지는 갈등과 시비를 불러오지도 않는다. 그런데 요사이는 눈이 침침하고 무릎이 불편하다는 신호를 보내고 있어 조금 긴장하고 있다.

올가을에도 어김없이 즐거움을 누리고자 벗들과 두 번의 걷는 모임에 참여했다. 실상사 3암자 순례와 지리산 7암자 순례다. 모두 내가 사는 실상사에서 출발한다. 지리산 7암자는 등산하는 사람들이 애호하는 코스다. 실상사에서 약수암, 삼불사, 문수암, 상무주암, 영원사, 도솔암으로 이어진다. 어디든 좋지 않은 산사가 없겠지만, 7암자 중에서 상무주암은 지리산 종주 능선을 바라보는 전망이 일품이고 극품이다. 전망과 함께 상무주암은 불교사에서 깊은 의미를 담고 있는 암자다. 바로 고려 시대 보조국사 지눌이 큰 깨달음을 얻은 곳이기 때문이다.

지눌 스님이 깨달음에 이른 이력은 좀 특이하다. 면벽 좌선하면서 깨달음을 얻은 것이 아니다. 경론을 보다가 문득 한 줄의 문장에서 마음이 환하게 열린 것이다. 지눌은 일생 동안 세 번에 걸쳐 마음이 열리고, 깊어졌다고 한다.

　　　　　　　　깨달음이 빛나고 있나이다

한번은 26세 때 창원 청은사에서 《육조단경》을 읽다가 마음에 울림이 왔다. 그 기쁨을 억누를 수 없어 전각을 돌면서 그의 마음을 열게 한 그 '한 줄의 문장'을 거듭거듭 되뇌었다고 한다. 그 환희의 순간들을 그가 아닌 누가 짐작할 수 있겠는가? 오직 그 순간, 그 자리에서, 그만이 누릴 수 있는 고요한 열광이 아니겠는가?

두 번째 깨달음은 28세 때라고 한다. 하가산 보문사에서 3년을 작정하고 지눌은 대장경을 탐독했다. 그중 《화엄경》에 있는 〈여래출현품〉의 문장에 마음이 머물렀다.

한 티끌이 대천세계를 머금고 있다.
모든 사람 마음에 부처가 있는데
어리석은 범부들이 모르고 있다.

이 문장에서 전율이 일어난 지눌은 경을 머리에 이고 하염없이 눈물을 떨어뜨렸다고 한다. 절로 솟구치는 눈물과 함께한 즐거움이라니! 나는 이번 생에 이런 순간을 맞지도 못하고 마감하려나. 생각하니 마음이 처연하다.

세 번째 깨달음은 바로 7암자 중 하나인 상무주암에서다. 붓다의 본래 정신에서 멀어져가던 시대, 불교를 새로이 하고자 동지들과 도모했던 결사 모임이 흩어지고 그는 이곳 상무주암에 둥지를 틀었다. 40세를 맞은 지눌은 《대혜어록》을 보다가 다음 구절에서 마음이 크게 열렸다.

선禪이란 고요한 곳에도, 시끄러운 곳에도 있지 않고, 또한 논리적으로 헤아리는 곳에도 있지 않다.

그는 이 한 줄의 문장에서 마음이 열려 힘을 얻는다. 이후 그는 조계산 송광사로 거처를 옮긴 뒤 그곳에서 '정혜결사'의 기치를 걸고 고려의 승풍을 쇄신하고 진작했다.

사람들에게는 저마다 '한 줄의 문장'이 있을 것이다. 자신을 부끄럽게 한 문장, 생각을 바꾸게 한 문장, 기쁨을 얻은 문장, 힘이 되어준 문장, 나만의 길을 가게 한 문장들이 있을 것이다.

우리는 살아가면서 한 줄의 문장을 무수히 만나게 된다. 만약 살아오면서 책에서나 일상의 현장에서나 단 한 줄의 문장도 만나지 못하고 생산해내지 못했다면, 삶의 화두를 놓치며 살고 있다고 말해도 좋으리라. 우리는 나의 심장을 울리고, 나의 전신을 흔드는 문장을 얼마나 가지고 있는가?

　　　　　　　　깨달음이 빛나고 있나이다

나를 흔들고 나의 마음을 머물게 하는 한 줄의 문장은 무엇일까? 태어나 처음 나를 정신 차리게 한 문장은 단연코 "사람이 그러면 못써"라는, 부모님의 한마디였다. 내가 친구들에게 모진 행동을 했을 때, 또는 지나가며 구걸하는 자들과 심신이 미약한 자들을 조롱하면 부모님과 동네 어른들은 한결같이 근엄한 표정으로 나무랐다.

"사람이 그러면 못써."

어릴 적 들었던 그 한마디는 지금도 인권과 하심, 그리고 공경을 늘 새롭게 생각하게 하는 화두가 되고 있다.

중학생 시절, 우연히 절에 갔다가 처음 들은 법문은 "마음이 모든 것을 만든다"라는 문장이었다. 귀가 솔깃하고 마음 한복판에 어렴풋한 해답 같은 것이 보이는 듯했다. 그때 내가 왜 그러는지는 몰랐지만, 어린 중학생들에게 젊은 스님이 엄청난 말씀을 던졌다는 것은 알았다. "마음이 모든 것을 만든다"는 문장은 이 세상을 떠날 때까지 내 삶의 현장에서 접할 화두가 될 것이다.

나의 마음을 깊게 하고 거듭해 깨우는 문장은 《반야심경》의 260자다.

모든 법은 공하여 나지도 멸하지도 않으며, 더럽지도 깨곳하지도 않으며, 늘지도 줄지도 않는다.

모든 현상이 실체로 있다거나 없다거나 하는 관념을 일으키지 않으면 진정 자유로울 수 있다는 메시지는 늘 마음에 새기고 새기는 화두다. "그 무엇을 갈구하지 않으면 마음에 걸림이 없고, 걸림이 없으면 두려움이 없다"는 문장은 자유와 평온의 길을 열어주고, 수시로 '갈구하는 그 무엇'이 일어나는 자리를 살피게 하는 문장이다. 또 선시에 자주 나오는, "마음을 식은 재처럼 고요하게 하라"는 문장은 나를 자못 엄숙하게 한다. 이웃과의 사이를 생각할 때는 "중생을 기쁘게 하는 공양이 부처님께 올리는 공양이다"라는 문장이 떠오른다.

경전과 함께 나의 마음을 머물게 하는 문장은 산문과 운문 곳곳에서도 건져 올릴 수 있다. 나는 책을 읽을 때 마음을 다해 제목을 주시한다. 그리고 책의 목차 하나하나를 세심하게 음미한다. 목차들은 메시지의 응축이다. 그 짧은 목차에 집약된 어떤 문장들을 읽으면 본문을 읽지 않아도 저자의 내심을 알아챌 듯하다.

글 중에서 시는 문학의 정수다. 침묵이 가운데 계시는 붓다라면, 시와 춤은 좌우에 있는 보살이다. 그래서 시 한

깨달음이 빛나고 있나이다

줄은 내게 더없는 사유와 기쁨의 샘물이다.

이제는 괴로워하는 것도 저속하여
내 몸통을 뚫고 가는 바람 소리가 짐승 같구나*

그렇습니까?
나는 있습니까?
나는 무엇입니까?
혹시 나는
나에 대한 습관 아닙니까?**

시와 더불어 선사들의 일침은 늘 정신을 곧추세우게
한다. 그중 '수처작주 입처개진'이라는 말을 자주 떠올린다.
어느 곳에 있더라도 그 자리에서 주체적인 인간이 되어라,
그리하면 그 자리가 오직 참되다는 뜻이다. 그러니 내 삶의
현장은 늘 일촉즉발, 백척간두의 순간이 아닐 수 없다.
    말과 글은 어떤 용도를 위한 도구가 아니다. 말한 사람

*   황지우, 〈눈보라〉, 앞의 책.
**   김선우, 〈지옥에서 보낸 세 철〉, 《녹턴》, 문학과지성사, 2016.

이 겪은 숱한 시행착오와 줄기찬 사유를 통해 얻은 사리라고 할 수 있다. 그래서 '문자반야'라고 한다. 그 문장에 혼신을 다하여 집중하고 성찰하고 탐구하면 마침내 울림과 열림의 순간이 온다. 그럴 때마다 우리는 작은 깨달음을 얻는다.

하지만 나를 머물게 하는 문장이 책에만 있지는 않을 것이다. 걸음걸음, 표정 하나, 손짓 하나, 사사건건 모든 행위가 곧 참되고 빛날 때, 그런 순간순간이 바로 누군가의 시선을 머물게 하는 문장이 될 것이다. 이치가 그러하니 나는 참 멀었다. 아직도.

허물이 있음에도
우리는
본래 부처다

허물이 있는 부처

나는 허물이 있는 부처다.

새벽 예불을 마치고 방에 돌아와 좌복에 앉는 순간 문득 이 말이 번개처럼 떠올랐다. 아니 가슴을 뚫고 솟구친다. '허물이 있는 부처'라니, 형용 모순인가? 아니면 진실을 드러내는 역설인가? 모르겠다. 각자 알아서 해석하든가, 그냥 음미해보시라. 류영모 선생이 말씀하신 "없이 계신 하느님"과 같은 맥락에서 생각해보는 것도 좋겠다.

허물의 정체는 도둑이고 손님이다.

다시 이렇게 사족을 달아본다. 도둑과 손님의 같은 점은 외부 방문자라는 점이다. 내가 문을 열어줘야 들어오고 초대하지 않으면 들어올 수 없다. 도둑과 손님은 본래부터 내 집에 살고 있지 않다. 내가 방심할 때 찾아든다. 내가 "이제 그만 나가주시지요"라고 하면 나갈 수밖에 없다. 물론 좀 질기고 교묘한 도둑과 손님은 이래저래 버티며 나가지 않으려고 하겠지만, 결국 그들은 추방당할 수밖에 없는 태생적 한계를 가지고 있다. 도둑과 손님은 여러 이름을 가지고 있다. 탐욕, 분노, 증오, 교만, 의심, 질투, 게으름, 기만, 뽐냄, 비굴, 우울, 무기력, 비겁 등이다. 이들 도둑과 손님은 적게는 108개의 이름을 가졌고, 많게는 8만 4천 개라고도 한다. 하나의 이름으로 부르자면 '번뇌'라고 한다. 번뇌는 내 삶을 짓누른다.

허물이 있는 부처는 누구인가?

'허물이 있는 부처'는 모든 생명이다. 번뇌가 있는 부처는 바로 너와 나다. 동시에 너와 나는 허물이 본래 없는 부

깨달음이 빛나고 있나이다

처이기도 하다. 여기서 허물, 혹은 번뇌가 '있음'은 실로 유전인자와도 같은 '있음'이 아니다. 당사자의 선택과 의지의 과정으로서의 '있음'이다. 그러니 번뇌는 '있음'과 '없음'에 구속받지 않는다.

그러므로 나는 본래 부처이기도 하다.

나는 허물이 있는 부처이므로 허물이 없는 부처다. 부디 잘 생각해보라. 그리 어렵지 않다.

허물이 없는 부처

나는 허물이 있는 부처다. 그러니 애써 닦으려 하지 말고 다만 물들이지 말라.

고요하고 맑은 호수는 평온하다. 그러나 바람이 불고, 오염 물질이 들어가면, 호수는 사납고 혼탁해진다. 그대, 고요하고 맑은 호수의 평온을 누리고자 하는가? 애써 바람을 불러오지 않으면 된다. 사람의 마음이 이와 같다. 그래서 옛 스승들이 말했다. 평상심 그대로가 깨달음의 일상이라고.

평상심이란 무엇인가? 침몰하지 않고 기울지 않는 마음가짐이다. 패망의 길이 뻔히 보이는 헛된 가치를 붙들고 휘둘리는 길을 버리는 일이 평상심이다. 둘로 나뉘어 대립하거나 어느 쪽에 서지 않는 일이 평상심이다. 풀이하자면 이렇다. 재화를 많이 충족하여 감각적 즐거움을 누리는 삶이 행복하다는 생각을 버리고, 정신과 마음이라는 말에 묶여 노동을 무시하거나 감각과 감정을 죄악시하고 혐오하는 생각을 버리는 일이 평상심이다. 또 있다. 나의 이익과 취향에 맞는 일만 즐거이 수용하고, 힘들고 싫고 이득이 없다고 생각하는 일은 거부하려는 마음을 갖지 않고, 좋고 싫은 느낌을 담담하게 받아들이면서 슬기롭게 대처하는 삶이 평상심이다. 그러니 애써 닦으려 하지 말고, 오직 오염되기 이전의 마음을 순정하게 지키는 일이 바로 평상심이고 수행이다. 그래서 청허당 휴정이 이렇게 말했다. "본래의 그 마음자리를 지키는 일이 제일가는 정진이다." 이게 바로 '본래 부처'의 삶이다.

다시 허물이 있는 부처

제자가 스승에게 물었다.

"부처의 본래 모습이 무엇입니까?"

스승이 답했다.

"지금 당장 그대의 모습부터 보시게."

내가 나를 '허물이 있는 부처'라고 발언하고, 내가 나를 '본래 부처'라고 확언한다면, 무엇보다도 지금 여기 나의 무수한 허물을 정직하게 바라보고 고백해야 할 것이다. 이 길이 '허물 있는 부처'의 진면목이겠다. 이 출발점에서 '본래 부처'를 회복하는 길이 열린다.

다시 확인한다. 번뇌라는 이름의 무수한 허물은 비롯함이 없는 시초에서 어떤 모습으로 존재하고 있다가 내게로 온 어둠이 아니라는 것을. 어둠이 실로 처음부터 있었던/있는 어둠이 아니라 빛의 차단으로 '만들어진 어둠'이라는 것을 통찰하자. 그래서 이 어둠은, 어둠을 만든 조건이 사라지면 즉시 사라진다. 사라지는 시간은 조금도 그 양과 길이를 측정할 수 없다. 아니, 측정할 수 있는 실체가 아니다. 이것을 '돈오頓悟'라고 한다. 밝음, 어둠이라는 분별과 관념이 개입하기 이전 상태를 '본래 부처'라고 한다. 그래서 허물이 있는 정직한 부처는, 늘 어둠이 발생하는 조건과 어둠이라는 관념이 일어나기 이전을 주시한다.

그러므로 게으름, 애매모호함, 초심을 잃은 태도, 인정을 갈구하는 욕구, 무엇과 비교하여 열등과 결핍의 감정을 만들어내는 망상적 삶, 이 세계의 모든 존재가 중심일 수 있는데 나만이 중심이고자 하는 어리석은 교만, 진리대로 살면 복되고 평안하다는 이치에 의심을 갖는 마음, 이 모든 허물과 번뇌들을 살피고 인정할 때, 나는 비로소 '부처인 중생'이지 않겠는가?

여기서 한 발 더 나아가야 새로운 길, 본래의 길이 열린다. 이 새로운 길, 본래의 길을 어렵지 않게 가는 방법이 있다. '본래 부처'를 속이는 허물들의 정체가 도둑이고 손님이라는 사실을 확언하게 아는 일이다. 이 지점에서 내게 확신과 용기가 필요하다. 죄의식에 사로잡힌 사람, 자신이 업보 중생이라고 생각 없이 굴레를 쓰는 사람, 그는 자신을 '허물 많은 중생'으로 규정한다. '허물 있는 부처'가 자신을 '허물 많은 중생'으로 착각한다. 그런 그에게는 후회와 한탄만이 있을 뿐이다. 그런 사람의 참회는 새로운 거듭남을 향하지 않는다. 후회와 참회는 잠시의 평온에 이어 불안을 불러온다. 그리하여 그는 시시포스의 수고를 마다하지 않는다. 그는 그런 자학이 도덕이고 신앙인 줄 착각한다. 착각에서 깨어나면 그 자리가 '각覺'이다.

깨달음이 빛나고 있나이다

마침내 나는 본래 부처

역설적으로 말한다. '본래 부처'는 '허물이 있는 부처'를 잊지 않아야 한다. 그리고 '허물이 있는 부처'는 '본래 부처'를 잊어서는 안 된다.

오늘 사월 초파일 부처님 오신 날, '허물이 있는 부처'가 '허물이 있는 부처'의 '허물'을 사랑하는 날이다. 그래서 여기 있는 부처님들은 훗날의 부처님을 기다리지 않는다. 생각해보면 그리 어렵지 않은 이치!

빛이여,

어둠이 두려워 너를 찾아왔는데

너는 본래 없었다고 말하는구나.

2021년 12월

법인

기본을 다시 잡아야겠다

1판 1쇄 찍음   2021년 12월 3일
1판 1쇄 펴냄   2021년 12월 15일

지은이   법인
펴낸이   김정호

펴낸곳   디플롯
출판등록   2021년 2월 19일(제2021-000020호)
주소   10881 경기도 파주시 회동길 445-3 2층
전화   031-955-9505(편집) · 031-955-9514(주문)
팩스   031-955-9519
이메일   dplot@acanet.co.kr
페이스북   https://www.facebook.com/dplotpress
인스타그램   https://www.instagram.com/dplotpress

편집   원보름
디자인   형태와내용사이

ⓒ 법인, 2021

ISBN   979-11-974130-5-6 03810

디플롯은 아카넷의 교양·에세이 브랜드입니다.
이 책의 전부 또는 일부를 사용하려면 반드시 저작권자와 아카넷의 서면 동의를
받아야 합니다.

이 책은 (재)대우재단에서 추진 중인 국민 정신건강증진사업(보건의료사업)
'꿈과 휴'의 일환으로 발간됩니다.